少年百部 100

SHAONIAN BAIBU

— 小学语文 —
核心素养书系

课本拓展精读

WEINISI DE XIAO TING

威尼斯的小艇

[美] 马克·吐温 著　　黄耀华 改编

長江出版傳媒
长江少年儿童出版社

图书在版编目(CIP)数据

威尼斯的小艇/(美)马克·吐温著;黄耀华改编.—武汉:长江少年儿童出版社,2024.1

(小学语文核心素养书系:课本拓展精读)

ISBN 978-7-5721-4683-1

Ⅰ.①威… Ⅱ.①马…②黄… Ⅲ.①中篇小说-小说集-美国-近代②短篇小说-小说集-美国-近代 Ⅳ.①I712.44

中国国家版本馆CIP数据核字(2024)第017035号

小学语文核心素养书系:课本拓展精读

XIAOXUE YUWEN HEXIN SUYANG SHUXI: KEBEN TUOZHAN JINGDU

威尼斯的小艇

WEINISI DE XIAO TING

出 品 人:何　龙
策　　划:蓝　欣
执行策划:梁　崴
责任编辑:龚迪阳
整体设计:洋溢文化
责任校对:莫大伟
责任印刷:邱　刚　雷　恒
出版发行:长江少年儿童出版社(集团)有限公司
业务电话:(027)87679199
承 印 厂:湖北鄂南新华印刷包装股份有限公司
经　　销:新华书店湖北发行所
开　　本:720毫米×970毫米 1/16
印　　张:9
字　　数:60千字
版　　次:2024年1月第1版
印　　次:2024年1月第1次印刷
书　　号:ISBN 978-7-5721-4683-1
定　　价:29.80元

导读

《小学语文核心素养书系：课本拓展精读》是一套专门为小学生设计的语文课外阅读丛书，内容精选小学语文课本中作家的经典作品，旨在帮助孩子更好地理解和欣赏名家名作，全面提升孩子的阅读和写作能力，为语文学习打下坚实的基础，让孩子爱上阅读。

本丛书以小学语文课本中的课文为“向导”，每个作品都是课本入选作家的名篇名作，从一篇课文延伸至一本书，包括童话、小说、散文、诗歌等多种体裁，带领读者领略不同作者独特的创作风格和思想内涵，学习丰富的写作技巧和文学知识。

我们还邀请了国内著名插画师，根据书中情节绘制多幅精美插图，给孩子带来高品质的视觉享受。

让我们一起走进精彩的语文世界，感受文字的魅力，探索知识的海洋吧！

名师推荐

语文是小学生学习的基础，也是表达思想和交流感情的重要工具。孩子通过阅读学习优秀的文学作品，可以拓宽视野，提高语言表达能力，培养良好的审美情趣。

《小学语文核心素养书系：课本拓展精读》是小学语文课本入选作家的作品集，体裁多样，内容丰富。通过阅读这些作品，孩子可以感受不同文体和风格的魅力，培养对文字的感知能力和表达能力。

这套书系的独特之处在于选篇与课本的关联性和延伸性。每本书都来自小学语文课本中的作者，孩子可以更好地理解作者的创作背景和文化背景，加深对作品的理解和欣赏。同时，这套书也提供了与课文相关的拓展阅读，帮助孩子进一步扩大知识面，培养阅读兴趣。

孩子通过阅读不同名家的经典作品，拓宽自己的思维边界，培养自主阅读和独立思考的能力，为今后更高阶段的语文学习打下坚实的基础。同时，这些优秀的作品也能够激发孩子的情感共鸣，引导他们审视自己的内心世界。

祝愿每一个孩子在阅读《小学语文核心素养书系：课本拓展精读》这套书时，都能感受到语文的乐趣和力量，收获智慧和快乐。

目录

威尼斯的小艇*

威尼斯是世界著名的水城，许多河流穿城而过，小艇成了这里重要的交通工具，就和穿行在街道上的马车一样。

小艇长二三十英尺①，又窄又深，看起来像独木舟。船头和船尾上翘，宛如一弯新月。它们像水蛇一样在河道中自由穿行。

小艇都被漆成黑色。在威尼斯的鼎盛时期，小艇曾被漆成各种华丽的颜色，争奇斗艳。后来，威尼斯的元老院下令将所有的小艇统一漆成黑色，使其更加庄严。

船夫站在船尾，娴熟地操纵着船桨。小艇前进

---

* 编者注：本文非语文课文版本，而是节选自马克·吐温于1869年集结发表的旅欧通讯集《傻子出国记》，有适量改动。

① 英尺：1英尺合12英寸，约0.3米。

的速度很快，在大量的船只中从容穿行。不管河道怎么拥挤，船夫总是能轻松地令小艇左转右转，挤出包围圈。小艇时不时通过一处狭窄的角落，或是和另一艘小艇擦肩而过，而且速度飞快，把我差点吓出惊叫，可是船夫却毫不在意，轻松地驾驶着小艇，而且从不出错。

我们坐在小艇舱内柔软的皮革软垫上，或者拉上窗帘，在舱内静静地看书；或者看看过往的船只、岸上的房屋、河上桥梁和来来往往的人们。

我们看到商人匆匆上了小艇而不是一辆车，进城去他们的办公室；年轻的女士外出逛街购物，她们坐着小艇，从一条街到另一条街，从一家商店到另一家商店；小男孩和小女孩在保姆的陪伴下，坐着小艇到郊外去踏青。

午夜时分，歌剧院散场了，一大群人走了出来。我们听到船夫们的呼喊声，看到人们纷纷跳上小艇，一只只黑色的小艇在月光下掠过，消失在纵横交错的河道中。只剩下波光粼粼的水面，庄严的建筑，模糊的阴影，月光下诡异的石脸，空寂的桥梁，还有那些静止的小艇。这种神秘而宁静的氛围，与古老梦幻的威尼斯如此相配。

卡县名蛙

我的一个朋友从东部给我写了封信，拜托我帮他打听一下列昂尼达斯·W.斯迈利先生的下落。我得信以后，就去拜访了西蒙·威勒——这是一位脾气很好、唠唠叨叨的老先生。

现在，我要讲述一下这件事的来龙去脉，以及最终的结果。照我看来，这位列昂尼达斯·W.斯迈利多半是个不存在的人物，或者我的那位朋友根本就不认识此人。我那位朋友十有八九是想着：只要我向老威勒打听那个什么斯迈利，就会让他想起另一个名声很坏的吉姆·斯迈利来，然后威勒就会开始给我絮絮叨叨地讲那些和我毫不相干的破事，把我烦死。如果他真的是打着这样的算盘，那他可算是心想事成了。

经过打听，我在安吉尔村的一家破破烂烂的酒馆里见到了西蒙·威勒，他当时正靠在酒馆吧台旁的炉子边打盹儿。我观察到，这是个脑门有点儿秃的胖子，看起来很朴实。我向他问好，他很和气，也站起身来向我问了声好。

我告诉他，我受朋友之托，前来打听我朋友的一位儿时密友，列昂尼达斯·W.斯迈利——他现在是一位神父，听说曾在安吉尔村住过一段时间。我对老威勒说，如果他能告诉我斯迈利神父的下落，我将衷心地表示感激。

西蒙·威勒先是把我逼到墙角，然后又拖过他坐的椅子拦住我的去路。他脸上没有表情，说话语调也很平稳，不过一开始说话就收不住。照他的意思，故事本身是不是天马行空不重要，他把讲故事当作一件很享受的事情。他还认为这故事里的主人公十足聪明，令人佩服。我只好听凭他一直讲下去，没有打断他。

列昂尼达斯·W.斯迈利，嗯，什么神父来着，啊，这里以前有个叫吉姆·斯迈利的人，大约是在1849年的冬天，当然，也可能是1850年春天，总之就是那段时间。因为他刚来到村里就是那个时候，那个淘金用的大渡槽还没修好；主要是这个人性情非常古怪，简直可以算是天下第一怪人。他天性喜欢和人打赌，不管你跟他赌什么，他都愿意，遇到什么就赌什么。打赌的时候，如果别人不愿押黑，他就偏偏押黑；别人不愿押白，他就一定会押白。不管别人怎么赌，他一定会奉陪——总之一句话：只要能和别人赌上一把，他就会心情舒畅。老话说十赌九输，可是他的运气却不是一般的好，可谓是十赌九赢。不管大事小情，不管你往哪边下注，他就会在另一边下注。当然，这些事我刚才已经跟你说过了。假如赌的是赛马，赌局结束的时候，他要么赢得盆满钵满，要么输得光光溜溜；如果有人斗狗，他会赌；有人斗猫，他也会赌；有人斗鸡，他还会赌；就算是两只鸟落在篱笆上，他也会找个人来赌一赌，到底哪只鸟会先飞走。只要是村里有聚会，他准会参加。而且他一来，就会拿沃尔克牧师跟人打赌。他打赌说，沃尔克牧师的布道水平在这一带无人能及。当然，没人会跟他赌这个，毕竟沃尔克牧师是有名的善人。要是他看见一只屎壳郎在地上爬，他就跟你赌它几天才能到达某地——不管到哪儿都行；只要你愿意赌，哪怕是赌这屎壳郎会去墨西哥，他也会跟着那只屎壳郎，看看它到底能不能去那儿，要花几天的时间。这儿的好多小伙子都见过斯迈利神父，都知道他的那些趣事。话说有一回，沃尔克牧师的太太病得不轻，好几天卧床不起，眼看着就不行了。一天早晨，斯迈利看到牧师进来了，就站起来问他太太病情如何。牧师说，她好多了，看样子很快就能缓过来。还没等牧师讲完，斯迈利就来了一句："这样吧，我赌两块五，赌她缓不过来。"

这个斯迈利有一匹母马，看起来慢慢腾腾的，所以年轻人给它取了个绰号，叫"一刻钟老奶奶"，当然，这外号有点儿损，可斯迈利经常靠这匹马赢钱。这匹老马走起来慢吞吞的，不是得气喘病，就是生热病，总之老是得一些乱七八糟的病，因此每次赛马，大家总是让它先跑两三百码[①]。它本来落在后面，等眼看就要到终点了，就拼了老命向前跑，几乎是四蹄腾空，弄得一路上尘土飞扬，还又是喷嚏，又是打响鼻的，引人瞩目，反正，最后它总是比别的马早一个头抵达终点，不多也不少，让所有人都能看得明明白白。

他还有一只小斗狗，名叫安德鲁·杰克逊[②]。这狗看起来也不怎么精神，一副贼眉鼠眼的样子，老想偷点什么东西。可这狗一旦上了斗狗场，转眼就变了模样：它的下巴像汽船的船头那样向前伸出，整个下槽牙都露了出来，宛如发光的炉火。不管别的狗抓它、咬它、戏弄它，还是把它摔倒在地，安德鲁都装出毫无斗志的样子，完全不进行反抗。直到其他赌徒把钱都押在它的对手那一边，再没钱可押了，它就使出绝招——忽然一口咬住对手的后腿，

①码：1码约等于0.9米。

②安德鲁·杰克逊：该名字和跳蛙的名字丹尼尔·韦伯斯特一样，是当时美国两位政党领袖的名字。马克·吐温借此调侃、嘲弄两位政客。

咬得死死的。你知道吗？就是咬住另一条狗的后腿，咬死了不松口，直到那条狗认输才罢手。斯迈利靠这条狗赢了不少钱，直到遇到了一条特别的狗。那条狗的后腿让人给锯掉了。那一次，两条狗缠斗了好一阵子，两边的钱都押完了，安德鲁照例适时使出绝招，去咬那条狗的后腿。这一次它却立刻发现自己上当了，因为它一口咬空了。它像是吃了一惊，觉得自己被整惨了。它朝斯迈利瞧了一眼，好像是说这一切都是斯迈利的错，不该弄一条没有后腿的狗来让它咬，这完全是在欺骗它，它本来靠的就是咬后腿来获得胜利的嘛。最后，它一瘸一拐地下了场，倒在地上死了。安德鲁可是条好狗，它要是活到现在，早就出名了。它底子好，又生性聪明，什么场面都见过。一想起它最后那一场比赛，我就鼻子发酸。

斯迈利还养过专捉耗子的狗，还有小公鸡、公猫什么的，都是用来赌博的玩意儿。不管你拿什么去找他赌，他都能跟你赌上一把。有一天，他逮着一只青蛙，说是要弄回家中好好调教一番。接下来的三个月，他什么事都不干，就在后院里训练那只青蛙蹦高。最后，他真的把那青蛙给调教出来了。只要他在青蛙的后背上点一下，那只青蛙就能立刻在空中翻煎饼似的翻一个筋斗，要是起得好，有时候也能翻两个，然后稳稳当当地落在地上。他还训练那只青蛙逮苍蝇，经过一阵子的精心调教，那青蛙练出了一身的真本事，不管苍蝇飞出去多远，只要给它瞧见，次次都能给逮住。斯迈利说他的青蛙勤学好练，而且学什么会什么——这话我信。他给这只青蛙取名叫丹尼尔·韦伯斯特。嘿，我曾亲眼看见他把丹尼尔放在这里的地板上，然后大喊一声："苍蝇，丹尼尔，苍蝇！"那只青蛙就以迅雷不及掩耳之势跳起来，把那边柜台上的一只苍蝇给吞下去了，再啪嗒一声落在地上，泰然自若地抓耳挠腮。别看它有能耐，但是一点儿也不张扬。它还有个绝活，就是从平地上起跳，总能比其他的青蛙跳得高一个身子。靠着这一手，它替斯迈利赢了不少钱。斯迈利把这只青蛙视若珍宝，毕竟好多见多识广的人都说，从来没见过这么厉害的青蛙。

斯迈利经常用一个小笼子装着自己的宝贝青蛙，去镇上到处转转，和其他人赌上一把。有一天，有个外乡人来到村里，正碰上斯迈利提着青蛙在街上逛，就问："你笼子里头装的什么啊？"

斯迈利见他这么说，没给他好脸，冷冷地说："本来笼子里应该装个鹦鹉，或者别的鸟儿，不过我的笼子里偏不装那些。这是一只青蛙。"

外乡人拿过笼子，细细地打量了一番，说："哟，还真是只青蛙，它有什么特别之处吗？"

斯迈利不紧不慢地说："它倒没什么特别的，就是有一个地方不同寻常，整个卡县的青蛙都算上，没有哪一只比它蹦得高。"

外乡人拿过笼子仔细瞧了半天，然后还给斯迈利，用慎重的语气说："也就一般啊，我没瞧出来这只青蛙有什么特别的地方。"

斯迈利说："你可能是瞧不出来。你也许对青蛙很了解，也许不了解，也许你这方面很精通，也许只是个外行。反正我对这只青蛙心中有数，我敢说全卡县找不出一只青蛙比这只跳得高，不信咱们就赌四十块钱。”

外乡人想了一会儿，觉得很为难：“我初来这村子，人生地不熟的，身上也没带着青蛙；要是我有一只青蛙，肯定要和你赌一把。”

斯迈利发话了：“这个简单，太简单了，你替我把这笼子拿一小会儿，我这就去给你逮一只来。”就这样，外乡人拿着笼子，把他的四十块钱和斯迈利的四十块钱放在一起，坐下来等着。

外乡人坐在那儿想了好一会儿，从笼子里头把青蛙拿出来，然后掏出一把小勺，扒开青蛙的嘴，给青蛙灌了一肚子火枪的霰弹——就是些铁砂子。一直到铁砂子都快灌到青蛙的嗓子眼了，这才把青蛙放到地上。

斯迈利到水坑的烂泥里头扒拉了一阵子，总算逮住一只青蛙。他拿着青蛙回来，交给那个外乡人，说："好了，你要是准备好了，就把它跟丹尼尔并排摆着，把它的前爪跟丹尼尔的并齐放好，我来发令。"然后他就开始喊："一——二——三——跳！"他和外乡人分别从后边点自己青蛙的背。外乡人的青蛙蹦得可欢了，可是丹尼尔只是在那里喘着粗气，耸起肩膀——就像法国人那样。不管它怎么用力，就是动不了，好像在地上生了根。斯迈利看着丹尼尔，十分纳闷，又非常恼火。当然啦，他怎么也想不明白，这只训练有素的青蛙到底是怎么了。

外乡人大获全胜，拿起钱就走。出门之前，他还指了指丹尼尔，慢吞吞地说："说实话，我还真没瞧出来这只青蛙有什么特别的。"

斯迈利气得站在那儿抓耳挠腮，然后低头把丹尼尔仔细打量了一番，说："这青蛙今天是怎么了？也不知它出了什么毛病——它的肚子看起来胀得不轻。"

他把那只青蛙拎了起来，说："天哪，它至少有五磅重！"他把丹尼尔头朝下拎着，那青蛙稀里哗啦吐出来两大把铁砂子。斯迈利这才明白自己上当了，放下青蛙就去追外乡人，可那人早已无影无踪。

故事讲到这里，前院有个人在叫西蒙·威勒的名字，他站起来去看人家找他有什么事。他一边往外走，一边扭头对我说："老弟，你就在这儿坐着，别急，我很快就回来。"

等你回来？可拉倒吧，我可不想再往下听什么吉姆·斯迈利的故事，既然打听不到列昂尼达斯·W.斯迈利神父消息，我还等什么啊？于是我转身就走。

刚走到门口，正好威勒回来了，他一把拉住我，又叨叨起来："哎，这个斯迈利还有一头独眼母牛，没尾巴，光剩像根香蕉似的一截，而且——"

不过我可没那闲心，还没等他讲完那头可怜母牛的情况，我就转身离开了。

三万美元遗产

一

湖滨镇是一个宜人且可爱的西部边远小镇，大约有五六千居民，这里的生活很安逸。小镇上有个大教堂，总共能容得下三万五千人。西部边远地区和南方地区就是这样：那里人人信教，新教的各个教派都有自己的信徒。湖滨镇民抱持人人平等的观念，不分什么高低贵贱。镇子里的每一个人都互相熟识，也认识对方的狗，人人都友好相处。

萨拉丁·福斯特是湖滨镇最大一家商店的会计，在镇上的同行中，他的工资是最高一档。他今年三十五岁，已经为这家商店工作了整整十四年。自从他结婚那个星期起，他就来这个商店工作，当时的年薪是四百美元。后来，他的工资逐渐上涨，每年涨薪一百块；四年后，他的年薪就达到了八百块。就这样日积月累，他的工资越来越高，大家也都觉得凭他的能力，就应该拿这么多钱。

他的妻子伊莱克特拉是他的贤内助，她思维开阔，喜欢幻想，空闲时爱看点儿闲书。她十九岁嫁给萨拉丁，做的第一件事就是拿出所有的积蓄——二十五美元，在镇子边上买了一英亩[①]的土地。那时萨拉丁的所有积蓄比她还少十五块。伊莱克特拉把那一英亩土地开垦成菜园，然后租给邻居使用，利润平分，只一年就回了本。萨拉丁头一年的薪水很少，但是她攒出三十块，存到了镇上的储蓄所。第二年她攒了六十，第三年攒了一百，第四年攒了一百五十。虽然萨拉丁的年薪一直涨到了八百美元，可架不住开销也在增加。她和萨拉丁生了两个女儿，养孩子可是笔不小的费用。

① 英亩：1 英亩等于 4046.86 平方米。

尽管如此，她每年都能从丈夫的薪水里省出两百块钱存起来。结婚七年后，她在那片菜地中间盖了一幢美观舒适的大房子，花了两千美元，其中一半的费用是借来的。七年后，她终于还清债务，还有几百块的结余，用来做本钱去投资。

伊莱克特拉赚钱主要靠地价上涨。很多年前，她趁着地价便宜买过一两英亩的土地，后来这些地大部分卖给想建房子的人，狠狠赚了一笔。买她地的那些人都性情和善，适合当邻居。她和邻居们关系融洽，经常相互照应。她另有一些稳妥的投资，从这些投资中，她每年都有大约一百美元的进账。她的孩子们逐渐长大，非常可爱；她在家相夫教女，开开心心。一家人和和美美，非常幸福快乐。我们的故事就从这时候讲起。

家中最小的女儿今年十一岁，名叫克莱藤内斯特拉——可以叫她克莱蒂；她的姐姐今年十三岁，名叫格雯德伦——也可以叫她格雯。姐妹俩都是文静善良的好女孩。一家四口其乐融融，都有自己的昵称。萨拉丁的昵称是萨利，伊莱克特拉的昵称是艾莱柯。白天，萨利兢兢业业地做着自己的会计工作，尽职尽责；艾莱柯则是个标准的贤妻良母，也是一个头脑灵活的生意人，总是瞅准机会赚点外快。到了晚上，一家人聚集在温馨的起居室里，抛开乏味的生活，在文学的世界里畅游。他们轮流朗读小说，在小说的幻想世界里漫游，与王公贵族、淑女名媛、博学之士相伴，尽览华丽的宫殿，或阴森的古堡。

二

突然间，一个天大的消息传来！这个消息让人又惊又喜。这家人有一个唯一还在世的亲戚，闹不清是远房的堂叔还是堂兄，住在隔壁州。这位亲戚叫提尔伯里·福斯特，是个七十岁的老光棍，据说非常有钱，不过他脾气古怪，非常倔，很少和人往来。以前萨利曾经给他写过信，结果热脸贴了个冷屁股，就再也没有来往。这一次倒是提尔伯里主动写信给萨利，说自己快不行了，有三万块钱留给萨利。倒不是说提尔伯里念及亲情，而是因为他觉得自己一生的烦恼都是由钱而起，所以想给这笔钱找个合适的地方，把麻烦转让给其他人。这笔遗产他将在自己的遗嘱里做出说明，保证如数付清。

但是，要想拿到这笔钱，萨利必须向这位远亲的遗嘱执行人证明三点：一、未曾以口头或书面的方式表露出对这笔巨额遗产的兴趣；二、未曾打听这位远亲的身体状况；三、未参加这位远亲的葬礼。

看完这封信，艾莱柯一从震惊中清醒过来，就马上写信给这位远亲居住地的报社，订阅了一份当地的报纸《萨加摩尔周报》，以便既不违反规定，又能了解那位远亲的情况。

夫妻俩约好了：只要那位亲戚还活着，就绝不透露这件事情，以免有好事者到处张扬，导致他们违反那位远亲的规定，使得三万块的遗产化为乌有。

这一天剩下的时间里，萨利记账频频出错，艾莱柯也乱了方寸，一会儿端起花盆，一会儿拿起书本，一会儿又捡起块木头，不知道她到底打算做什么。一时间，两个人都魂不守舍。

“三万美元啊！”

整整一天，这个数字都像一首美妙的曲子，在他们的脑海中不停地回荡。

从结婚那天起，艾莱柯就省吃俭用，拼命攒钱。除了必须的生活开支，她没有浪费过一分钱。

“三万美元！”一笔从天而降的巨款，简直是不可思议！

整整一天，艾莱柯都在琢磨怎么用这笔巨款去赚更多的钱；萨利想的却是这么一大笔钱到底应该怎么花。

这天晚上，夫妻俩再也没心情朗读浪漫小说了，两人都不说话，各自想着心思，觉得很焦虑。就连两个女儿跟他们道晚安时，两人都没有任何反应。

过了一个小时后，他们才发觉孩子们已经离开起居室，回自己的房间睡觉去了。两人一直默默地拿着铅笔写啊算啊，做着各种计划。最后，还是萨利打破了沉默。他兴高采烈地说：“艾莱柯！我想好了，夏天的时候，咱们先拿出一千块钱来，买一匹马，还要配上一辆马车；冬天再拿出一千块钱来，买一架雪橇和一副皮护膝。”

艾莱柯的回答冷静又果断：“花钱？绝对不行。哪怕有一百万，也一分都不能动！”

萨利听了妻子的话，十分失望，气得脸都红了。

他生气地说：“噢，艾莱柯！咱们辛辛苦苦干了一辈子，一分钱都不舍得花，如今好不容易有钱了，怎么就不能——”

看到艾莱柯的眼神变得温和，萨利就没有继续说。艾莱柯体谅他的感受，轻声细语地跟他讲道理：“亲爱的，咱们千万不能动用本钱，但可以用这笔钱的利息——”

“那也行啊，艾莱柯！三万美元的利息也不少，你真是太好了！咱们要是能——”

“利息也不能全花完，亲爱的，不能全花完。不过你可以花其中的一部分，不大不小的一部分。咱们要把每一分钱都用来生利息，然后利滚利，这样钱才会越来越多。你说是不是这个道理？”

“啊，当然如此，确实如此。不过咱们还得等很长时间，应该是六个月后才能拿到第一笔利息呢。”

“是的，也许更晚。”

“更晚？为什么啊？艾莱柯，按规矩，利息钱不是半年结一次吗？”

“按普通的办法放钱收利息，确实是那样，可是我不想那么做。”

“那你想怎么办？”

“我有个赚大钱的办法。”

“那可太好了。艾莱柯，快说说是什么办法？”

“投资煤矿，买优先股。咱们先投个一万美元，等公司成立，就把一股拆成三股。”

“我的天，这主意真棒，艾莱柯！需要多久？到时候那些股票能值多少？”

“大概一年吧。半年的利息算百分之十，到一年后，一万美元的股票就值三万块。我清楚得很，你看，这张辛辛那提报纸上的广告写得明明白白。”

“天啊，一万块钱一年就能变成三万！那咱们别投一万，干脆把那三万块全投进去，一下就能变成九万！我马上就按报纸上的地址写信，咱们现在就去买三万块的煤矿股票——下手要早，明天只怕就迟了。”

他往书桌飞跑过去，可是艾莱柯把他拉回来按在了椅子上。她说：“你冷静点。那笔钱还没到手，咱们拿什么买煤矿的股票？”

萨利的热情顿时少了几分，可是他依然心潮澎湃。

“艾莱柯，那笔钱已经是咱们的了，你知道，眼看就要到手了。说不定他已经一命呜呼了。我百分之百确定，他正在前往地狱的路上呢，我想——”

艾莱柯听了这话，打了个冷战，说：“你怎么能这样说呢，萨利！别说这种过分的话。”

“行了，要是你喜欢，就让他前往天堂的光明大道吧。他怎么样又不关我的事，难道说说也不行吗？”

“你为什么要说那么可怕的话呢？要是你人还没凉透，别人就这样说你，你会怎么想？”

“我当然会不开心。如果一个人临终了还在想着送钱害人，他就别想开心。艾莱柯，咱们别管提尔伯里了，说点儿实在的事情吧。我看煤矿这行业能投，这样做没什么问题吧？”

“把赌注全押上，那就是大问题。”

“如果不行，咱们就先投一万在煤矿上。另外那两万怎么办呢？你想好了吗？”

“别急啊，我得好好想想。”

萨利不由得叹了口气：“要是你想好了，咱们就这么办。”

他又琢磨了一阵子，说：“艾莱柯，咱们先投一万，一年之内咱们就能赚两万，这下总能花点钱了吧？”

艾莱柯直摇头，说，“不行啊，在咱们分到头半年的红利前，股票是卖不出好价钱的。你只能花很小的一部分。”

“啊？一小部分？还要等整整一年！算了吧，那还不如不——”

“哎，你别急啊！也许用不了三个月就能分红呢！”

萨利高兴得跳了起来：“哦，那太好了！谢谢你！”他高兴地吻着妻子。

萨利盘算着：“那就有三千块钱啦——整整三千块呀！亲爱的，这三千块咱们能花多少呢？你就行行好，别再拿着钱不松手！”

艾莱柯也很高兴，终于松了口，同意拿出一千块钱来花——其实她还是很不情愿，认为这么花钱完全是胡闹。可是萨利乐坏了，把妻子抓住亲了又亲。

这可把艾莱柯给感动坏了，心里一软，又允诺可以追加两千块给萨利，让他尽情消费。按她的想法，一万块钱投资煤矿，两万块钱拿去放贷也能赚不少，这两千块钱就是放贷利润的一部分。

萨利欣喜若狂，眼中闪着泪花说：“哦，我得拥抱你一下！”于是他开心地抱了抱妻子。

拥抱完妻子，萨利马上拿着账本坐下来开始列清单。“先买马，还有马车、雪橇、皮护膝，还有狗、礼帽、怀表，对了，还要去镶牙。哎呀，艾莱柯！”

“怎么啦？”

“我还没算完呢，对了，那两万块钱投出去了吗？”

“还没有，那笔钱不着急投，我得先四处打听一下，看有没有什么好的项目。”

“你怎么还没算想好呀？你现在在琢磨什么呢？”

“嗨，我正在想我们投资煤矿赚的三万块钱该怎么用？咱们得先考虑赚到的钱，是吧？”

“对呀！我怎么没想到呢。你是怎么打算的？对了，你算到哪一年啦？”

“也就是两三年吧。煤矿赚的钱我已经想好了：一次投石油，还有一次投小麦。”

“嗨，艾莱柯，真不错！这些买卖能赚多少？”

“我算算，嗯，最少应该能赚十八万，说不定还能赚得更多。”

“哎呀！我的天哪！辛苦了这么多年，这下咱们出头了！对了，我有件事想跟你商量。”

“什么事？”

“我想给教会捐三百块——反正咱们有钱了！”

“这主意不错，亲爱的，做人就应该慷慨无私。”

听了妻子的表扬，萨利简直是心花怒放。他谦虚地表示，这都是艾莱柯的功劳，因为那些钱都是她的投资赚来的。

两人压抑住兴奋的心情，上床睡觉去了。由于太高兴，他们甚至连客厅的蜡烛都忘了吹灭。等在床上躺下，他们才想起这件事。萨利说，反正现在咱们有钱了，蜡烛就让它烧去吧。可艾莱柯还是下床去把蜡烛吹灭了。

艾莱柯走回床边的时候，突然有了新主意：赚了十八万块钱后，应该继续投资，把它翻成五十万。

三

艾莱柯订的那份小报是每周四出版，周六才能从提尔伯里住的村子到达湖滨镇，两地相距五百英里[①]。提尔伯里的那封信是周五写的，所以就算他写完信后当场断气，消息也得下一周才能上报纸。这样一来，福斯特一家还要等差不多一个星期，才能知道提尔伯里到底是不是死了。

这个星期真是太漫长了，要是不想点发财后要做的事情，夫妻俩简直要崩溃。艾莱柯整天忙着计算怎么快速积累财富，萨利则盘算着怎么花掉妻子许给他的钱。

终于，一个星期过去，到了周六，他们收到了《萨加摩尔周报》。报纸是埃弗斯利·本内特太太送来的，她是长老会牧师的妻子，正在苦劝福斯特夫妇给她所在的教会捐款，积一点功德。

① 英里：1 英里约等于 1.6 千米。

本内特太太还没说上两句，就发现两位主人好像根本没听见她说的话，对她的存在完全无视。她弄不明白这是怎么回事，气呼呼地离开了。

本内特太太刚走，艾莱柯就迫不及待地撕开了装报纸的信封，拿出报纸，翻开报上的讣告栏。让他们失望的是，上面根本没有提尔伯里的大名。艾莱柯定了定神，用欣慰的口气说："谢天谢地，他还没有去那个地方，再说了——"

她的丈夫没有她那么克制，气呼呼地说："这个老东西，我真想——"

"萨利！你这么说，难道不觉得羞耻吗？"

"我不在乎！"萨利怒冲冲地回答，"你心里想的也一样，如果不是为了假慈悲，你也会说真话的。"

艾莱柯显然受到了伤害，她委屈地说："我真不知道你怎么能说出这种话，我什么时候假慈悲了？"

萨利非常生气，但是他不想和妻子起冲突，只好服软认输，想蒙混过关。

萨利说："艾莱柯，我没有什么别的意思，我的本意不是说假慈悲，我的意思是，啊，我的真实的意思是，你明白吗？啊，就是生意人的那一套。就是——你懂我的意思吧？艾莱柯，就好比你拿一个空壳子，假装里面装满了东西，你也不会觉得有什么不妥，毕竟这是生意人的习惯，是从古到今的风俗，是传——那是个什么词来着？算了，我说不出来，不过你肯定明白我的意思。艾莱柯，我并没有什么害人之心。我的意思是，比如，啊，假如说有这么一个人——"

"你别再说了，"艾莱柯不悦地说，"咱们别再提这档子事了。"

"好吧，"萨利如释重负，擦着脑门上的汗，开始进行反思："我本来有一手好牌，结果没能打出去。我打牌总是犯这种错误，如果我能果断一点——可是我没有，还是我水平有限。"

萨利已经俯首认输，艾莱柯也就不再追究，眼神也变得柔和起来。

接着，他们开始研究起心中最疑惑的问题：为什么报纸没有登载提尔伯里的死讯。他们猜了很多种可能，最后不得不回到最开始：报纸上没有提尔伯里的讣告，唯一合理的解释就是——提尔伯里还没死。两人虽然有些泄气，但是总算达成了一致。

萨利有几分恼火和埋怨，艾莱柯的态度则没有表露出来，她在任何场合都能控制住自己的情绪。

夫妻俩没办法，只能希望下周的报纸能带来他们想要的消息。他们只好把这件事暂时放在一边，收拾好心情，忙自己的事去了。

他们不知道的是，其实他们错怪了提尔伯里。提尔伯里并没有欺骗他们，他确实病得很重，而且也确实病死了。他信守承诺，已经死了四天多，是彻底死了，并没有拖泥带水。提尔伯里的死讯没有登上《萨加摩尔周报》的讣告栏，完全是因为出了一点点纰漏。这种纰漏不太可能发生在大城市的日报上，但是对《萨加摩尔周报》这种乡村小报来说，却是家常便饭。

事情是这样的：当地的一家冰激凌店送给报社一桶冰激凌，报纸的编辑就在报纸上把冰激凌店大大夸赞了一番。这样一来，也就没有足够的版面放提尔伯里的讣闻和悼词了。

本来，提尔伯里的讣闻当期报纸没有登，完全可以放在下一期再登。偏偏提尔伯里的讣告排好后，字版送到备用架上时给弄乱了。于是，讣告的字版就成了废版，无法使用了。因此，提尔伯里的死讯便再也无法出现在《萨加摩尔周报》上。

四

难熬的五个星期过去了，《萨加摩尔周报》准时在每个周六送到萨利家，上面却从来没有关于提尔伯里·福斯特的只言片语。萨利终于绷不住了，恼怒地说：“这个老不死的，还真的不死啦！”

艾莱柯严厉地批评了丈夫，说：“你怎么能这么说呢，难道你就不会死？”

萨利说："管他呢，反正我没法把这句话憋在心里。"

萨利还想说点什么，可又想不出什么好词，只好溜之大吉，免得妻子继续教训他。

六个月过去了。《萨加摩尔周报》仍然只字不提提尔伯里。萨利多次跟妻子提起，他准备亲自出马弄清真相，可是艾莱柯却根本不理会。萨利鼓足勇气，直接向妻子提议，自己乔装改扮进入提尔伯里所在的村子，悄悄弄清楚真实的情况。

艾莱柯立即制止了这个危险的计划，说："你在想什么啊？别像个小孩子一样，小心惹下大祸，你还是该干什么就干什么去吧！"

"艾莱柯，我保证能做得神不知鬼不觉。"

"萨利，你难道不需要找人问吗？"

"那又怎么啦？他们又不知道我是谁。"

"瞧你说的！万一遗嘱执行人让你证明你从来都没有打听过提尔伯里，你怎么证明？"

萨利一下子答不上来了，他确实没法证明。

艾莱柯接着说："你就别再添乱了。提尔伯里早就给你设好了陷阱。你明白吗？也许他就在村里等着你呢，你一出现，他就跳出来抓住你，那时遗嘱就作废了。他这是在耍你呢，萨利！"

"啊？"

"从今以后，哪怕要等一百年，你也别去。答应我！"

"好的。"萨利叹了一口气，心中很不情愿。

艾莱柯的口气缓和了一下，说："你要沉住气，成功就在眼前，不用着急。咱们是幸运的，全州再没另外一家像咱们家这样走运。咱们的资金还在稳步增长呢，咱们马上就要变成富人了，你懂吧？"

"是，我懂，艾莱柯。"

"那你就别再自寻烦恼了。如果没有这份大运，你敢想咱们有这么多钱吗？"

萨利结结巴巴地说："不，不，我不敢想。"

接着，他又用赞赏的口气说："说到炒股票的智慧和做生意的手段，我倒觉得你用不着别人帮忙，其实我——”

“你别说了！我知道你没有坏心肠，也没有冒犯别人的意思，可是你这张嘴呀，总是没有个把门的，说出的话不中听，让我为你、也为咱们家捏着一把汗。以前打雷我从没有害怕过，如今我一听见打雷，我心里就——”

说到这里，她哭了起来，再也没法说下去了。这深深打动了萨利，他连忙抱住妻子，安慰她，说自己一定痛改前非，再也不胡说八道，并请求她的宽恕。他为自己过去的言行道歉，并说为了弥补自己的过失，叫他做什么都行。

萨利为此深刻反思了好久，决心以后再也不犯同样的错误。不过，说起来容易做起来难，他也深知自己的弱点，那就是说到做不到。艾莱柯说的话他牢记在心，保险起见，萨利从自己一分一厘节省出的私房钱里拿出一部分，在自家的房顶上安了一个避雷针。

过了不久，他果真故态复萌了。

习惯很容易养成，而要改掉真是难比登天。无论是不起眼的小习惯，还是让我们焕然一新的大习惯，全都是这样。这都是人所共知的事实，不用多说。

就好比做白日梦这种习惯，好多人都有。它侵蚀了我们的灵魂，让我们沉浸在虚幻之中，甚至将幻想和真实的生活混淆起来。

不久以后，艾莱柯又订了一份芝加哥的日报和一份《华尔街指数》。她勤奋研读这两份报纸，特别是财经版块，就像以前研读《圣经》一样。

萨利发现，艾莱柯预测和把握想象中的证券市场行情的天赋和判断力正在迅速增强。萨利十分佩服她的这种能力，为她闯荡股市的勇气和才华感到自豪。他发现艾莱柯在股市里作风沉稳，永远保持理智，而且有胆有识。她在生活中却恰恰相反，总是小心翼翼。她是这样对萨利解释的：对待现实的生意只是投机，对待想象中的股市则是真正的投资。在现实里她愿意赌一把运气；在想象中的股市则千万不能随便，要尽量一本万利。

没过几个月，艾莱柯和萨利的想象力就开始膨胀起来。每天对那笔遗产投资和获利的想象，让他们的胃口越来越大。艾莱柯在想象中赚钱的速度变得越来越快，比开始时设想的快得多。起初艾莱柯设想的投资煤矿的收益期为十二个月，接着她认为收益期可以缩短为九个月。后来她更进一步，取消了九个月的收益期限，让那笔想象中的一万块钱投资翻了整整三倍。萨利的花钱本领也在美好的想象中与日俱增，设想将来得到利润后，要花更多的钱来充实自己的生活。

今天是个好日子，福斯特夫妇开心坏了，甚至高兴得说不出话来。事情是这样的，在仔细观察过市场之后，艾莱柯终于决定冒险一搏，把想象中的遗产里剩余的两万块钱投入股票市场。在想象中，她眼看着手里的股票噌噌噌地往上涨，一直上涨了两倍——当然，也有可能随时下跌。最后，她实在承受不了巨大的精神压力，毕竟她还只是个炒股的新手。于是，她用想象中的电报发给想象中的经纪人，命令经济人把股票全部抛出。因为她觉得，投入两万，赚了四万，已经足够了。抛出这批股票后，正好煤矿的投资的那一万块分红也到账了。那天夜里，他们高兴坏了，就好像他们已经获得了想象中的财富——整整十万块。

这真是一个意义重大的夜晚。渐渐地，夫妻俩的想象能力不断提升，他们甚至以为，自己真的已经发财了，并开始盘算发财后的生活。

在他们的想象中，那幢整洁的小木屋不见了，一家人住进了一栋两层的砖瓦房，房前还有铁栅栏；从客厅的天花板上垂下一盏三个头的煤气灯；家中的碎布缝制的地毯不见了，换成了华贵的布鲁塞尔进口货；家里的普通壁炉也不见了，换成了一座装有云母窗的超大壁炉。家里其他的东西也都换了，毕竟他们现在是有钱人，能换的东西统统都要换掉。

就在他们富起来的第一天晚上，夫妻俩决定举行一场庆祝晚会。可是，怎么跟女儿、跟邻居们解释开这场晚会的理由呢？他们可不能告诉别人现在他们是超级有钱的人，不然就会招来不必要的麻烦。萨利迫不及待地想开庆祝晚会，可是艾莱柯头脑依然冷静，打消了他的念头。她说，尽管这笔钱十拿九稳会到手，可最好还是等到真正到手后再庆祝。他们必须保守这个大秘密，绝对不能让任何人知道，对女儿和外人都要严格保守保密。

夫妻二人真是左右为难。他们想要庆祝自己发了大财，可是又必须保守这个秘密，怎么进行庆祝呢？在这三个月之内，家中四人没有一个人过生日。提尔伯里那边还没有任何消息，看来他是要长命百岁了。那他们要庆祝什么呢？萨利越想越着急，越想越心烦意乱。不过，他终于想到了一个呱呱叫的好办法——他们可以庆祝哥伦布发现美洲纪念日。这真是个绝妙的主意！

艾莱柯也为萨利的机智感到自豪，甚至想不出合适的词来夸奖自己的丈夫。她说，她自己是怎么也想不出这个绝妙的主意来。虽然萨利听了很受用，他还是极力压住心中的狂喜，谦虚地表示这主意很平常，谁都想得到。

艾莱柯有些得意地说，说：“啊，没错！这个主意谁都能想到，谁都能想到！比方说咱们镇上的霍萨纳·迪尔金斯吧！还有那个阿尔伯特·皮内特也能，啊，没错！算了吧，我倒想让他们出来试试看，我没别的意思。老天爷，就是让他们想破脑袋，只怕他们也想不到这么妙的点子！”

说实话，艾莱柯有点高估了萨利。不过，这都是出于她对丈夫的爱意，是可以原谅的。

五

庆祝晚会开得很成功。亲朋好友会聚一堂，场面十分热闹。这一次还来了不少年轻人，有一对姐妹，还有她们的哥哥阿尔伯特·皮内特，他是一个年轻补锅匠，已经正式独自开业，生意很红火。还有小霍萨纳·迪尔金斯，他是一个刚出师的泥瓦匠。

阿尔伯特和霍萨纳对福斯特家的两个女孩大献殷勤。夫妻俩起初还挺高兴，觉得女儿们很受欢迎。不过现在，他们高兴不起来了。因为他们马上就要变成有钱人了，这两个小伙子显然已经高攀不上他们家了。他们的女儿将来可不能嫁给手艺人，必须嫁给体面的绅士，最起码也得是律师或者商人。夫妻俩打定主意，决不能让女儿们下嫁。

可是，他们没有把这些念头表现出来，以免让来参加晚会的人扫了兴。他们表现得志得意满，甚至显得有点高傲。这种气度不凡的派头和从容不迫的举止，让来宾们不由得暗暗赞叹。人人都察觉到夫妻俩好像有点变了，大家议论纷纷，却没人能窥破其中的奥秘。当然，也有人随口说了两句，没想到歪打正着："他们好像发了横财似的。"

多数母亲都会按照传统包办女儿的婚事。她们遇到这种事情，会向女儿们讲一通不着边际的大道理，把女儿们训得一把鼻涕一把泪的，让女儿们讨厌母亲。如果她们还要教训那些小工匠不要痴心妄想，打自己女儿的主意，就会把事情弄得更糟糕。然而，艾莱柯不是一般人，她与众不同，既没有教训那两个年轻人，也没有对任何人发表意见，只是把自己的想法告诉了萨利一个人。

萨利听完妻子的看法，不但表示理解，还赞不绝口，说："我明白你的意思。不能当面挑那些小伙子的毛病，这样会伤了他们的感情。艾莱柯，这就叫聪明，你实在是聪明，太聪明了。咱们要提高选女婿的标准，让那些小工匠望而却步。对了，你想要什么样的人物？选好了没有？"

艾莱柯表示自己暂时还没有想好，他们现在身份不同了，必须好好地挑选一番。有两个年轻人他们看着很顺眼：年轻律师布雷迪什，和年轻牙医福尔顿。萨利决定要请他们来家中吃饭，当然不是马上就请。艾莱柯说，这事暂时还不急，要先留意这两个小伙子，等一等。婚姻是人生大事，要慎重才不会有闪失。

事实证明艾莱柯的慎重是对的。因为在三个星期之内，艾莱柯的想象能力又有了很大的发展。她想象中的那十万块钱又开始为她赚钱，现在已经变成了四十万美元。

在他们想象中的财富变成四十万美元的那天晚上，吃晚饭的时候，他们破天荒地开了香槟。当然，也不是真的有香槟，只是萨利想象出来的。虽然如此，两人还是充满了罪恶感，毕竟萨利一直是戒酒会的积极分子，艾莱柯也向来支持丈夫的主张，喝酒可不是什么好习惯。

但他们还是打开了想象中的那瓶香槟，因为他们现在是有钱人，是拥有四十万美元的有钱人呢！他们现在必须重新考虑女儿的婚事了。这一次牙医和律师已经被踢出了候选人名单，以他们现在的地位，那两个人完全没资格做福斯特家的女婿。他们家的女婿，起码得是猪肉批发商的儿子，或者是银行老板的公子。夫妻俩商量了一番，最后的结论是：再等等，必须更慎重一点，走一步看一步，这样才能万无一失。

他们的财运还在继续。密切关注金融市场的艾莱柯瞅准机会，大胆搏了一把。经过一段提心吊胆的时光，总算是尘埃落定。艾莱柯计算了一下现在拥有的财富，说话的声音都变了，她颤颤巍巍地说："萨利，咱们现在的钱，已经有整整一百万了！"

萨利感激地流下眼泪，说："艾莱柯，你真是女人中的凤凰，是我的心肝宝贝。咱们财源滚滚，再也不用盘算着过日子了。"

他们开了一罐自家酿的啤酒，当作昂贵的香槟。接着，把猪肉批发商的儿子和银行老板的儿子踢出未来女婿的行列，现在他们只考虑州长和众议员家的公子。

六

福斯特家想象中的财富就这么一天天地增长着，其中的过程大同小异，没什么特别的，说起来让人感到乏味。总之这一进程让人眼花缭乱，目眩神迷。

随便什么东西，艾莱柯都能拿来做一笔买卖，然后大赚特赚，让他们想象中的财富大幅上涨——从五百万到一千万，从一千万到两千万、三千万。

两年的时光一晃而过，沉醉在造富狂想中的福斯特夫妇如今已经拥有三亿美元的财富。在全国各大财团的董事会里，他们都有席位；而且随着时间的推移,他们的财富还在不断上涨,翻了一番又一番。

现在，这个数量已经达到二十四亿了！

因为财富过于庞大，他们的生意有点乱套。看来，有必要把股票清一清，把手中的产业理一理。这一点道理福斯特夫妇还是懂的，他们意识到这项工作的紧迫性。要清点好想象中的二十四亿美元财富，他们最少要花十个钟头。可是，他们哪有十个钟头的空闲时间呢？

萨利现在一天到晚在商店里忙着卖别针,卖糖，卖印花布，脱不开身；艾莱柯则忙着做饭、刷碗、打扫屋子、叠被铺床。没人帮她干家务，两个女儿都养尊处优，等着进入上流社会呢。

福斯特夫妇知道有个办法能腾出十个钟头来，这是唯一的办法。可是夫妇俩都不愿意开口，想让对方先说出来。最后，还是萨利开口了："总得有人说出来，那就让我来说吧！"

艾莱柯红着脸，同意了丈夫的意见。萨利的办法就是，打破安息日①不干活的传统，这样他们就能有十个小时的空闲时间。

安息日那天，他们放下家中的窗帘，开始清点想象中的财富。不点不知道，一点吓一跳，现在他们手中的财富惊人！他们拥有的公司从铁路系统公司、轮船公司、标准石油公司、越洋电缆公司、惊雷电报公司，到克朗代克金矿、德比尔斯钻石矿、塔马尼财务公司和邮政部的专享特权公司，真是数不胜数。

二十四亿美元，全都买了绩优股以及盈利良好的公司，这些投资稳赚不赔，光每年的利息收入就

① 安息日：犹太教、基督教每周一次的圣日，教徒在该日停止工作，礼拜上帝。

有一亿二千万美元。算完了账，艾莱柯长舒一口气，说：“这下够了吧？”

“足够了，艾莱柯。”

“接下来怎么办呢？”

“行了，就这样吧。”

“我同意。咱们也该好好休息休息，花钱享受一下生活了。”

“太好了，艾莱柯！对了，这些钱咱们能花多少？”

“想花多少花多少。”

萨利心中的一块石头落了地，高兴得连话都说不出来了。

一旦开了头，他们就不再坚守安息日的老传统。他们总会利用安息日来安排那一大笔钱的去处——设想各种花钱的场景。这种美妙的想象总是持续到午夜以后。每次花钱时，艾莱柯都大方地拿出几百万，施舍给知名的慈善机构和教会的事务。萨利也不甘示弱，拿出同样的钱花在自己中意的项目上。一开始他还给这些项目取一些固定的名目，后来这些名目太多，失去了特色，最终全都归入“杂项类”。

因为经常计算巨额财富的变动，夫妻俩总是熬到深更半夜，这样家里的蜡烛消耗得很快。为了节省开支，萨利开始从他供职的商店里偷蜡烛了。偷蜡烛只是第一步，后来就是偷苹果，然后是肥皂，再往后是枫糖、罐头和陶器。

而在那个幻想中的世界里，福斯特夫妇的生活却在变得越来越美好。那栋本不存在的砖楼已经配不上他们，现在换成了一幢花岗岩造的有复式屋顶的豪宅；后来，这幢豪宅也被淘汰，换成了一座更加气派的建筑。就这样，一幢又一幢的豪华建筑拔地而起，一幢比一幢高，一幢比一幢阔气，然后被更加精美壮观的建筑代替。到了后来，两位梦幻富豪住进了一座宫殿式的豪宅。这座宫殿建在山顶之上，周围是茂密的树林。在宫殿上，可以俯瞰山下的谷地、河流以及云雾缭绕的山峰，这些全都是他们的私产，只归他们所有。宫殿里的仆人多得数不清，个个穿着整洁的制服，客厅里是来自世界各地的名流，他们都是来拜会这两位顶级富豪的。

在离这座宫殿很远的地方，也有他们的行宫。这座宫殿建在罗得岛的新港，那里是上流社会最喜欢的地方。每逢安息日的晨祷过后，他们就会来这所豪宅里消磨时间。其他时间，他们要么在欧洲游览，要么乘着私人游艇去度假。每星期在湖滨镇寒酸的家中过了六天难熬的日子之后，他们就能在仙境之中过上神仙般的生活——这已经成了夫妻二人的一种生活习惯。

在现实中，他们仍然像以前一样勤俭节约、小心谨慎地过着艰难的生活。他们会按时去教堂，会遵循各种各样的规矩，不敢越雷池一步。可是在他们想象中的世界，他们却放飞了自我。他们被各种声色犬马的生活诱惑，醉生梦死。艾莱柯的幻想还不算特别离谱，而萨利的幻想世界却乱成一团。艾莱柯只不过是在想象中不停地改换教派，这在萨利看来一点意思都没有。他的幻想生活总是热情奔放、充满刺激，一刻也不肯安分。

从福斯特夫妇进入发财幻想世界的第一天起，他们就出手阔绰。后来，随着想象中的财富不断增加，他们变得慷慨。再往后，他们已经到了挥金如土的地步了。艾莱柯每周都要捐建一到两所大学，另外还要建一两所医院，时不时地还要建一座气派的大教堂。有一次，萨利跟他开玩笑说："如果不是现在天气太冷，她已经把一船传教士派出去，到世界各地去布道了。"

这句话伤了艾莱柯的心，她哭着跑到一边去了。这让萨利非常痛苦，连连向她道歉，想收回自己的话。可是艾莱柯并没有责备萨利，这让他更难受了。她本来可以劈头盖脸地责骂萨利一番，让他衷心忏悔，可是她并没有这样。这让萨利羞愧难当，不停地在心中责骂自己，反省自己。他越想越惭愧，自己的妻子慷慨好施，美好善良；而自己却不思进取，总想过虚伪庸俗的浮华生活，这是多么自私，多么堕落啊！

他把这段时间妻子的生活和自己的生活做了一番比较——当然，都是想象中的生活。在自己的妻子建造第一座教堂的时候，他在做什么呢？他叫上一堆百万富翁朋友，正在打牌赌博，在自己家的豪宅里玩得昏天黑地，一局输个上千美元也不心疼，还为自己的慷慨大方沾沾自喜。在自己的妻子建造第一所大学的时候，他在做什么呢？他正在和自己的狐朋狗友吃喝玩乐，过着腐化堕落的日子。在她造第一间育婴堂的时候，他在做什么呢？在她筹备那个女性道德纯洁委员会的时候，他在做什么呢？她和妇女戒酒会、女性禁酒队的同仁们努力奋斗，呼吁人们戒除酗酒恶习的时候，他在做什么呢？他正喝得烂醉如泥呢。当她慷慨地向全世界捐钱到时候，他又在做什么呢？他正在蒙特卡洛抢银行呢！

萨利实在不敢再往下想，他不得不停了下来。他对自己的所作所为感到害怕。他站起来，想要说出心中所想：他要结束这种堕落无耻的生活，再也不过这种低级趣味的日子，他要向自己的妻子坦白一切。

他立刻找到了自己的妻子，向她坦白了自己最近在想象中的世界的所作所为。说到动情的地方，他甚至在她的怀里哭了起来，乞求她的宽恕。

艾莱柯对他的胡作非为感到十分震惊，差点精神崩溃。好在她知道萨利是自己的至爱亲人，是她的主心骨，是家庭的守护神。无论怎样，她都不能放弃他。最后，她宽恕了萨利，希望他能痛改前非。

艾莱柯觉得，既然萨利能够坦诚面对自己的错误，那么他一定能知错就改，从此后洗心革面，重新做人。她知道，就算萨利曾经堕落过，他依然是孩子的父亲，自己的伴侣。不管他犯了什么错，自己都要原谅他，重新接纳他。

七

就在这件事过去后的一个星期，这一天正是星期日，下午，两人又开始沉浸在幻想中的世界。当时他们正乘着游艇，在夏日的海面上游玩。夫妻二人懒懒地斜靠在后甲板的雨篷下，他们谁都没有说话，都在想自己的心事。

这段时间以来，两人的交流比以前少了很多，不再像过去那样亲密，无话不谈。萨利那次坦诚相对造成了很不好的影响，艾莱柯花了很长时间，想要清除那些可怕的记忆。可是不管她怎么努力，那些记忆总是停留在她的脑海里，污染了她温馨的幻想生活。因为如今她明白，她的丈夫每到周日，就会在想象的生活中变成一个浪荡子，一个人见人憎的讨厌鬼。

可是她自己呢？她的生活就是完美无缺的吗？唉，她自己也清楚，自己并不是完美无瑕的。其实，她有很多事瞒着萨利，为此，她觉得有些愧疚。他们约定对彼此坦白，可是她违反了这个约定，把自己的丈夫蒙在鼓里。

她并没有收手，安心过富裕的生活。在发大财的强烈的诱惑下，她又开始偷偷做起了投机的生意：她把所有的身家都押进了股市，一下子买进了这个国家所有的铁路、煤矿和钢铁企业的股票。现在每逢安息日，盘点想象中的财产，她就心惊胆战，生怕一个不留神，说漏了嘴，让萨利察觉到她的这次冒险的投资。因为是背着丈夫做的投资，她觉得自己良心不安，感到十分痛苦。看到丈夫躺在床上一动不动，想必又在幻想中的世界里醉生梦死，她就感到内疚。丈夫从来不过问她的投资，对她充满了信任，而她却孤注一掷，铤而走险，这笔投资可能随时让他们倾家荡产。所有的这一切，萨利一无所知。

“喂，艾莱柯！”

萨利突然开口说话，一下子惊醒了正沉浸在悔恨中的艾莱柯。这让她摆脱了内疚，变得轻松多了，她用往日那种温柔的声音回答：“怎么啦？亲爱的。”

“艾莱柯，我认为我们可能犯了一个大错，照我看，这个错误是你造成的。我说的是咱们女儿的婚事。”萨利坐了起来，挺着大肚子，活像一尊佛像，“五年多了，你还是老观念，固执得很。每当我们的财富增加一次，你选女婿的标准就提高一次。每次选好了女婿，我都考虑要举办一次盛大的婚礼了，你就出来破坏婚事，要选择更好的女婿。你的眼光又高了，让我一次次地失望。我觉得你太挑剔了，这样下去，高不成低不就的，只会耽误女儿们的人生大事。第一次的时候，咱们把牙医和律师给踢出去了，这还算有点道理。接着，咱们又把银行老板和猪肉批发商的儿子给排除了，这也算正常。再往后，咱们连众议员和州长家的公子也看不上了——其实我认为他们还不错。接下来，参议员和副总统的公子也被咱们请出局了，我觉得也很对，毕竟这种不大不小的官做不长久。后来，你就盯上了贵族家庭，我记得那时咱们家的油田终于开始出油了，财富变得更多了。我们把全世界一等一的显赫家族全都梳理了一遍。这一次挑出的青年都是些世家大族的孩子，出身名门。这些血统纯正的美国家族历史悠久，这下总没问题了吧？可是就在要举行婚礼的时候，又出问题了。从欧洲来了两个货真价实的贵族，你马上就取消了准备停当的婚礼，结果又是竹篮打水一场空。艾莱柯，这真让人失望透顶。从那以后，你又开始折腾了！你嫌那些二等男爵的爵位太低，换成两个男爵；后来又踢掉两个男爵，换成了两个子爵；你又觉得子爵还是配不上咱家闺女，换成两个伯爵；接着是伯爵换侯爵；侯爵再换成公爵。艾莱柯，照说现在你该住手了吧。可是你又变卦了，在四个公爵中挑来挑去的。这四个公爵的国籍各不相同，个个大名鼎鼎，血统纯正，家世清白。而且他们都是破落户，欠了一屁股的债需要偿还，急需找一个富裕家庭帮他们解困。虽然他们的要价不低，可架不住咱们家有钱啊。好了，艾莱柯，千万别再拖了，别再犹豫了：咱们不如放手，让女儿们自己来选择吧，她们选定谁就是谁！”

在萨利对妻子关于女儿们的婚姻政策进行批评

的时候，艾莱柯一直不动声色，脸上带着温柔的笑容。她的眼里闪出一丝胜利的光芒，用尽可能平和的口气对丈夫说：“萨利，你说，咱们要找的话，找一个皇家子弟如何？”

我的老天爷！萨利听了妻子的话，吓得跌倒在游艇的甲板上，小腿被擦破了一层皮。他两眼直冒金星，后来好不容易才清醒过来，一瘸一拐地走过去坐在妻子身边。他开始向妻子表达钦佩之情。

“老天爷！”他热情洋溢地说，“艾莱柯，你真是太厉害了，你是全世界最厉害的女人！你总是高深莫测，我心服口服。我一直以为自己有资格对你的布局指指点点，其实我根本不配多嘴。唉，我总是沉不住气，不能体会你的良苦用心。亲爱的，你快乐给我讲讲你的谋划吧。”

艾莱柯受了丈夫的恭维，喜不自胜，于是她凑到丈夫的耳边，轻声说了一个王子的名字。听了这个名字，萨利顿时乐得脸上开了花。

“天哪！”他说，“这个选择真不错！这位王子开了一家赌场，还管着一块墓地，还有一座教堂——这些可都是他的产业。这些产业都是稳赚不赔的，而且最少有五倍的收益。就拿那块墓地来说，在全世界是数一数二的。那个公国虽然地盘不大，不过也够用了：墓地占地有八百英亩，外面有四十二英亩。这是一个君主国，虽然地盘小了点。地盘大有什么用啊，要光是贪图地盘大的话，不如去撒哈拉大沙漠，那里才是广阔无垠呢。”

艾莱柯听了丈夫的话，高兴极了。她说：“萨利，你想一下，这个家族从来没有跟欧洲皇室以外的家族联姻，这桩婚事要是成了，咱们的外孙将来可是要登基当国王的！”

“那当然了，艾莱柯，咱们的外孙将来还会手握权杖，就像我拿着一把尺一样。艾莱柯，你的选择太对了。这一次你拿准主意了吧？这下他可跑不掉了，你没让他溜走吧？”

“没有。你就等着好消息吧。这位王子不但没有债务，还有一笔资产。另外一位王子也是这样。”

“那一个王子是谁，艾莱柯？”

“是西奇斯蒙德·塞格弗里德·劳恩费尔德·丁克尔斯皮尔·施瓦岑堡·布鲁特沃斯特殿下，卡普亚莫的世袭大公。”

“啊？你这是开玩笑吧！”

“千真万确，就是他。”她答道。

萨利激动地把妻子搂在怀里，说：“真是太棒了、太美妙了！这是众多的古日耳曼诸侯国中历史最悠久、贵族味最浓的一个，也是俾斯麦[①]一统德国后少数几个允许保留王族财产的王室之一。我知道他们家的那个庄园，我去过。那儿有一个制绳作坊，一个蜡烛厂，还有一支军队。这可是一支常备军，步兵骑兵都有。艾莱柯，总算是老天开眼，让我们家摊上这么一桩好亲事。我真是太高兴了，真是太谢谢你了，这些都要归功于你。对了，婚事定下日子了吗？”

“就在下个周日。”

① 俾斯麦：此处指德意志帝国首任宰相，贵族出身，有“铁血宰相”之称。

“那真是太好了。咱们闺女的这两桩婚事必须按照眼下最时兴的盛典来办，必须要符合男方王室的身份。据我所知，对王室来说只有一种形式的婚姻是神圣的，那就是贵庶通婚[①]。”

“为什么这么说，萨利？”

“我也不知道，但这就是王室的做派，只有王室才有资格这样做。”

“那咱们就照王室的规矩来办，而且我还非要这样办不可。就按王室和庶民联姻的排场来办，不然的话我就不同意这场婚事。”

“对，就这么定了！”萨利一边说，一边高兴得直搓手，“这在美国可是第一次啊，艾莱柯，这场婚礼非得让所有的人目瞪口呆。”

他们又不说话了，开始在幻想中分头行动。他们忙着邀请所有的王公贵族，还有他们的家族成员来自家的宫殿参加婚礼，并且还包了所有人的路费。

① 贵庶通婚：也叫贵贱通婚，一般指某些君主制国家中贵族男性与阶级地位较低的女性缔结的婚姻。婚后地位低者并不享有对方的地位，子女也无法继承位高者的身份和财产。

八

就这样，这对夫妻在接下来的三天里陷入了狂喜之中。他们沉浸在自己幻想的未来，看到的所有东西都是模模糊糊的，好像罩着一层薄纱。他们听不懂别人说的话，回答起来也是颠三倒四。萨利在商店里时，卖蜜的时候拿出秤来，卖糖的时候拿出了尺子；顾客要买蜡烛，他却给人家肥皂。艾莱柯做家务的时候也乱了套，她把猫放到盆里洗，拿牛奶去喂脏衣服。左邻右舍见了都非常吃惊，在那里唧唧喳喳地议论："福斯特这两口子是中邪啦？"

三天以后，出大事了！现在的股市行情非常好，连续二十四个小时，艾莱柯想象中的财富在迅速增加。股市在不停上涨——上涨——持续上涨！好，赚了五个点了，现在是十个点，十五个点，二十点！艾莱柯押上所有财富的这笔投资，已经上涨了二十个点了。艾莱柯想象中的股票经纪人在声嘶力竭地劝她："快抛吧！抛掉吧！老天爷啊，赶快抛掉！"

艾莱柯按捺不住心中的狂喜，把这个惊天的喜讯告诉了萨利。萨利听说她把所有的家当都押上了，还赚了二十个点的利润，也劝她说："快抛吧！马上抛掉——千万别贪心，现在你已经拥有全世界了！抛掉！赶紧抛掉啊！"

可是艾莱柯还不满足，她还想多赚一点。她说，哪怕是死在这笔投资上，她也坚决不抛，她还要再赚五个点才行。

这一下，可就出了大问题。就在第二天，股市出现了历史性暴跌，灾难性的大暴跌。华尔街跌得都要破产了，所有的绩优股在五个小时之内跌掉了九十五点，有人看见曾经的亿万富翁拿着个破碗在大街上要饭。艾莱柯仍然拿着自己的股票不肯抛，她还在坚持，还在等机会。就在这个时候，那个想象中的经纪人给她打来了电话，她的股票爆仓了。此时，她身上的女强人气质再也不存在了，她又恢复了家庭妇女的本来面目。

艾莱柯抱着丈夫的脖子大哭着:“都怪我呀都怪我,你要原谅我,我实在是受不了了。现在我们一无所有了,又成了穷光蛋了!我的命真苦啊。两个女儿的婚礼庆典也完了,全完了,现在咱们连和牙医攀亲都不可能了。”

萨利本想狠狠责备她一番,早在股票赚二十个点的时候,他就劝过妻子,让她全抛了,他准备说:“我早就说了,可你——”他终于没有说出来,因为他不想在妻子那已经破碎的心上再撒一把盐。

他想了一会儿,决定在艰难时刻支持妻子,于是说:“艾莱柯,坚持住,现在还有机会。我叔叔的遗产你一分还没有拿去投资,你投的只是那笔还没到手的钱的未来的收益。咱们赔掉的只是你凭借超级的金融头脑和眼光赚来的那部分钱,是那笔未来收益获得的增值部分。快打起精神来吧,不要烦恼,咱们的三万块钱本钱还没有动;凭你现在已经有的理财经验,再花个两年,肯定能创造出更辉煌的业绩。那两桩婚事黄不了，只是要往后延迟两年而已。”

听了丈夫这番安慰的话，艾莱柯很快平复下来。她收住了眼泪，重新打起精神。她的眼里饱含着眼泪，望着丈夫，重新展望起未来。她决定从头再来，她说：“现在，我决定——”

她的话还没说完，就被一位客人打断了。来人正是《萨加摩尔周报》的编辑兼老板，他是来探望自己的祖母的。他的祖母住在湖滨镇，最近病得很重，时日无多。他还想顺便办一件事，那就是拜访一下报纸的忠实订户福斯特夫妇。这对夫妇过去几年一直忙着其他的事情，却忘了付报纸钱，欠款总共是六美元。

这位客人来得真是太及时了。他是报纸的编辑，想必一定知道提尔伯里，清楚他什么时候过世的。当然了，他们不能直截了当地问，这样就违反了遗嘱的规定。他们绕着弯子，想把话题扯到提尔伯里身上。可是那位呆子编辑根本听不出来这两口子在套他的话。不过他们聊天时，那位编辑说着说着，需要打个比方，就说：“老天爷，你怎么这么难缠——就像提尔伯里·福斯特一样！哦，这是我们那里的一句俗话，用来形容某个人比较难对付。”

他突然提到提尔伯里·福斯特，把夫妻俩吓了一大跳。编辑看到他们的神情，想到那位提尔伯里·福斯特可能和他们是亲戚，连忙道歉说：“我说这句话并没有什么恶意，就是随口那么一说，啊，对了，你们和这个人是亲戚吗？”

萨利压住心头的狂喜，不动声色地回答：“这个嘛，我们并不认识他，只是听说过有这么个人。”

编辑听他这么说，松了口气。萨利连忙追问了一句：“那个，他——他现在还好吧？”

“他啊？嘿，他可好不了啰，五年前他就已经呜呼哀哉了！”

福斯特夫妇听了，浑身颤抖了起来，也不知是喜还是悲。萨利用一种毫不在意的口气试探着问：

“啊，这样啊，人的一辈子就是这样，谁也免不了一死，就算再有钱也一样。”

编辑听到这话，不由得笑了。

“你这话可跟提尔伯里没什么关系，”他说，“他可当不起有钱人这个称呼。他是个穷光蛋，就连他死了，都是全镇子人凑钱给他办的丧事。”

福斯特夫妇听了这话，如同遭了雷劈一般，浑身的血液都凝固了，一句话也说不出来。萨利回过神来，有气无力地问：“这是真的吗？您说的这些都是真事？”

“嘿，我还能骗你们不成？我是他遗嘱的执行者之一。他什么都没留下，只留给我一架小推车，那车还没有轮子，完全不能用。不过，总算是个物件。为了报答他的好意，我给他写了几句悼词，本来准备登在报上的，可是很不凑巧，让别的稿件挤掉了。”

那编辑后来说些什么，福斯特夫妇完全没听进去。他们的心好像被什么堵住，什么也放不下了。他们垂头丧气地坐在那里，什么话也没说，好像失去了知觉。

过了一个小时，他们还是坐在那儿，毫无生气，一动不动。编辑见他们不理会自己，就告辞离开了。可是夫妻俩还是保持着之前的姿势，根本没发觉客人走了。

后来，他们的身子晃了一下，有气无力地抬起了头，若有所思地相互盯着对方，好像在做梦一般。他们想说点什么，可是又说不出话来。好不容易挤出几个字眼，就不出声了。有时候他们好像从恍惚中清醒过来，然后轻轻拉住彼此的手，表达了一下对对方的同情和支持，好像是在说："别担心，我就在你身旁，咱们一起承受痛苦；忘了这些吧，用不了多久，大家就会解脱了。"

夫妻二人又活了两年。这两年里，每当夜晚来临时，他们总是心神不宁，沉浸在悔恨与悲伤中。他们什么也不说，就在那里发呆。

他们是在同一天去世的。临终时，萨利好像放下了心头的执念，他说："飞来的横财不过是一个圈套，对咱们没好处。暴发户的日子长不了，为了这个，我们把原本和和美美的小日子给毁了，希望别人不要像我们这样！”

他闭着眼静静地躺在那里，意识逐渐变得模糊，喃喃自语着：“金钱给他带来了痛苦，他却向我们报复，我们明明跟他无冤无仇。这个奸诈的小人，他总算遂了心愿。他故意说给我们留下三万块钱，他知道我们会想办法用这些钱去赚钱，结果我们的日子被这些钱给毁了。他本来可以给我们多留点钱，让我们安安生生地过日子，可是这个小心眼的家伙哟，他根本不会发善心，不会——”

加利福尼亚人的故事

三十五年前，我曾经去斯达尼斯劳斯河寻找金矿。当时，我手拿着鹤嘴锄，带着淘盘，身上背着号角，不停地奔波。我走遍了各地，淘洗了不少的含金沙，总想着找到金矿，发一笔横财。可是多年过去，我什么也没找到。

虽然没找到金子，可是我发现这里是一个风景秀丽的地方，树木茂盛，气候宜人。多年以前，这儿人口稠密，如今却是渺无人烟，变成了一个荒凉偏僻的地方。那些淘金者把地面给挖了个遍，然后就离开了。有一个地方，曾经是个热闹的小城市，有几家银行，几家报纸和几支消防队，还有过一位市长和许多市政参议员。现如今，这里除了大片的绿色草地之外，已经什么都没有了，甚至看不到人类曾在这里出现过的丝毫痕迹。

这片荒原一直延伸到塔特尔镇。

在那一带附近的乡间，沿着满是尘土的道路，不时可以发现一些漂亮的小村舍，外表整洁，上面密密麻麻地布满了像蛛网一样的藤蔓，雪一样厚的玫瑰严严实实地遮掩着门窗——这些都是废弃的住宅。很多年前，那些灰心丧气的家庭遗弃了它们，因为这些房屋卖不掉，甚至送人都没人肯要。

走上半小时的路程，不时能看到一些用圆木搭建的孤寂的小木屋，这是第一批淘金人在早期的淘金时代修建的，他们就是建造小村舍的那些人的前辈。有时你会发现某个小木屋仍然有人居住，可以肯定居住者就是当初建造这个小木屋的拓荒人；你还能知道他住在那儿的原因——虽然他曾有机会回到相对富裕的家乡，但是他不愿回去，宁愿抛家舍业，和所有的亲人朋友断绝往来，好像他已经不在人世。那个时期，加利福尼亚附近有许多这样的活死人——他们的自尊心受到严重打击，四十岁就满

头白发。他们暗自悔恨自己虚度了年华，渴望远离尘嚣，就此了结余生。

这是一片荒芜的土地！辽阔的草地和树林静寂无声，鸟兽绝迹，只有昆虫发出的令人昏沉的嗡嗡声。总之，这里没有任何能让人提起精神的事情。因此，在一天过了正午不久，我终于发现有一个人出现在这里，心中竟然生出一种感激之情，精神也为之一振。

这是一个男人，看起来四十五岁左右，正站在一间覆盖着玫瑰花的村舍门旁。大部分村舍早就被人废弃，不过这一间没有。从它整洁的外观来看，还有人住在里面，而且对它进行了很好的照料。它的前院也同样打点得很好，这是一个花园，里面鲜花盛开，多姿多彩。按照乡下好客的惯例，我受到了主人的邀请，进了屋子。

几个星期以来，我日日夜夜和矿工们的小木屋打交道，熟悉了屋里的一切——地板脏得无处下脚，床铺从来不叠，锅碗瓢盆乱扔，咸猪肉、蚕豆和浓咖啡的味道混在一起，难闻极了。屋内也没什么装饰，只有一些从东部出版物中取下来的描绘战争的图片钉在木头墙上。那是一种艰苦、凄凉的生活，没有欢乐，人人都打着自己的算盘。

而这间屋子，却让人感到身心愉悦，让人疲倦的双眼得到休息。这个房间里的一切都让人感到心情愉快。那些墙纸，那些带框的版画，铺在沙发的扶手和靠背上色彩鲜艳的小垫布，还有台灯座下的衬垫。几把温莎时代风格的靠椅，还有陈列着海贝、书籍和瓷花瓶的古董架子，以及那种随意搁置物品的精巧方式和风格，那是女性的手装饰过房子的痕迹。我内心的快乐洋溢在脸上，那个男人也很高兴，我们就着这个话题开始交谈起来。

“这一切都是她布置的，”他的声音中充满了爱意，“都是她亲手布置的，所有的一切都是。”他向屋子四周扫了一眼，眼里满是崇拜之情。画框上方挂着一种柔软的日本织物，女人们看似随意实则精心地用它来装饰屋子。那男人注意到它不太整齐，小心地把它整理好，然后退后几步观察效果，这样反复几次，直到完全满意为止。最后，他用手掌轻轻地拍打了它两下，说："她总是这样弄的，你说不出有什么毛病，可它的确差点儿什么，直到你把它弄好——弄好后你就知道了，但也仅此而已。你不知道这是为什么，我觉得可能就好比母亲给孩子梳完头以后再拍两下一样。我经常看她摆弄这些玩意儿，所以也能照着她的样子做，尽管我不知其中的诀窍。可是她知道。只有她既知道为什么要那么做，也知道怎么做；而我不知道为什么要那么做，只知道怎么做。"

他把我带进一间卧室，让我洗一下手。如此整洁的卧室我是多年不见了：白色的床罩，白色的枕头，铺了地毯的地板，贴着墙纸的墙壁，墙上有好些画。还有一个梳妆台，上面放着镜子、针插包和一些精致的梳洗用品；墙角有个脸盆架，一个瓷钵和一个大水罐，一个放着肥皂的瓷盘，还有一个置物架，上面放了一打雪白的毛巾。对于我这样一个很久不用这种毛巾的人来说，它们真是太干净了，我甚至都不敢用它们。

他看着我吃惊的样子，心满意足地说："都是她布置的，她亲手布置的，每个地方都是。这儿没有一件东西她没有亲手摸过。好啦，我不必说那么多啦。"

我一边擦着手，一边好奇地扫视屋中物品，就像一个人到了某个新的地方爱做的那样。这儿的一切让人赏心悦目。接着，我也不知是怎么意识到的，某个地方有某样东西，那个男人想让我自己发现。很明显，那个男人在试着用眼睛偷偷地暗示我，帮我找到答案。我试着根据他的暗示去找寻，失败了好几次。后来我终于明白了，应该顺着他的视线直视前方。那个男人看起来非常高兴，好像我找到了正确答案。他发出一阵幸福的笑声，搓着两手说："就是它！我就知道你会找到的，那正是她的像片。"

只见前面墙上有一个黑色胡桃木的托架，我走到跟前，发现一个我之前没有注意到的像框，像片是早期的照相术照的。那是一张极为温柔甜美的少女的脸，并且在我看来，应该是我见过的最美丽的脸。那男人看出了我脸上的赞叹之情，满意极了。

“那时她刚过了十九岁的生日，”他一边说，一边把像片放回原处，“我们是在她生日那天结的婚。你见到她的时候——哦，你还得等一阵子才能见到她！”

“她在哪儿？什么时候回家？”

“哦，她探望亲人去了。他们住的地方离这儿有四五十英里。她已经走了两个星期了。”

“她什么时候回来呢？”

“今天是星期三。她应该会在星期六晚上回来，可能在九点钟左右。”

我心里涌起强烈的失望感，惋惜地说：“真是太可惜了，那时候我已经走了。”

“已经走了？你为什么要走呢？请不要走，她会非常失望的。”

她会非常失望？如果那位美丽的女人亲口对我说出这番话，那我就是世界上最幸福的人了。我感觉到一种强烈的渴望，想见见她，这渴望的念头甚至使得我害怕起来。我对自己说：“算了，我要马上离开这里。

“你知道，她喜欢有人来家中做客，特别是那些见多识广，谈吐不凡的人——就像你这样的人。她会很开心的，她几乎无所不知，而且很健谈，噢，就像只小鸟。她还读很多书，噢，你会吃惊的。请你不要走，多留两天。如果她知道像你这样的客人走了，会非常失望的。”

我听着这些话，却没有听进去，我犹豫不决，陷入了思想斗争中。他离开了一会儿，很快又回来了，手里拿着那个像框，举到我面前说：“喏，现在你当着她的面对她说，你本来可以留下来见她，可是你还是走了。”

这第二眼使我终于下定决心，留下来见见神秘的女主人。那天晚上，我们抽着烟斗聊着天，一直聊到深夜。我们聊着各种话题，都和女主人有关。很久以来，我没有这么愉快悠闲了。星期四到了，又轻松自在地溜走了。到了黄昏时分，一个大个子矿工来到这儿。他是个头发灰白的垦荒者，用庄重的口气和我们热情地打过招呼，问："我只是顺便来问问尊夫人的情况，她什么时候回来？来信了吗？"

"哦，是有一封信，你愿意听听吗？汤姆。"

"好啊，如果你不介意，我愿意听听，亨利！"

亨利从皮夹子里把信拿出来，然后读了起来。这封信是她亲手写的，文字优美。在信的附言中，她满怀深情地问候和祝福汤姆、乔、查利以及其他的邻居和好友们。

他读完后，瞧了一眼汤姆，说："哈，你又是这样！把手拿开，让我看看你的眼睛。我读她的信你总是这样，我得写信告诉她。"

“不，你千万别告诉她，亨利。我老啦，任何一点小小的失望都会让我流泪。我以为她已经回来了，可你只是收到一封她写的信。”

“咦，你这是怎么啦？她要到星期六才回来呀，我还以为你们都知道呢。”

“星期六！想起来啦，我的确知道。我怀疑最近我的脑子是不是出了毛病？我们不是都在准备迎接她吗？好了，我得走了，老伙计。她回来的那天我会来的！”

星期五的黄昏时分，又来了一个头发灰白的淘金客，他住的小木屋离这儿大约一英里。他说小伙子们想在星期六晚上来热闹热闹，如果亨利认为他的妻子不会因为长途跋涉感到太过疲倦的话。

“疲倦？她才不会会感到疲倦！乔，你知道，只要能让你们高兴，她可以一连六个星期不睡觉！”

当乔听说她写过信来时，就请求读给他听。信里对他亲切的问候让这个老人激动不已。他说，他老得不中用啦，尽管她只是在心中提到他的名字，那也使他受不了。“唉，我们太想念她了！”

星期六的下午，我不时地看看表。亨利也注意到了，他惊讶地问：“你认为她不会很快就到，是吗？”

我有些尴尬，像被人发现了内心的秘密似的。但我依然笑着说，我等人的时候习惯看表。他似乎不太满意，开始有点心神不宁。他拉着我沿着大路走到一个地方，来回走了四次。从那儿可以看到很远的地方，他站在那儿手搭凉棚，不停地眺望着。

好几次，他说道：“我有点担心了，我真的很担心。我知道她在九点以前不会回来，可我总感觉有什么在警告我出了什么事儿。你认为不会出什么事儿的，是吧？”

他反反复复地说了好几遍。我开始为他的幼稚行为感到难为情，终于在他又一次问我时，我失去了耐心。我说话时的态度很粗鲁，把他吓住了。这以后他好像受到伤害，态度很谦卑，这让我憎恶自己做了这么件残酷的、毫无必要的坏事。因此，当夜幕开始降临时，另一个老淘金人查利的到来令我非常高兴。他紧挨在亨利身旁听他读信，商量着欢迎她的准备工作。查利一句接一句地安慰他，驱散他心中的不安。

“她以前出过事吗？亨利，根本没有。什么事儿也不会发生，你放宽心吧。信上怎么说的？她说她很好，九点到家，不是吗？她什么时候说话不算话过？你知道的，从来没有。你就别再自寻烦恼啦。她会回来的，绝对毫无疑问，就像你的出生一样。来吧，让我们来布置屋子吧——没多少时间啦。”

很快，汤姆和乔也来了。大家动手用鲜花把屋子装饰起来。快九点时，他们说自己带来了乐器，可以先演奏起来，因为小伙子们和姑娘们很快就要到了，他们都非常想跳一支优美的、老式的舞。他们有一把小提琴，一把班卓琴，还有一支单簧管。三人并排就坐，奏起了三重奏，还用靴子踏着节拍。

快到九点了。亨利站在门口，眼睛盯着大路，他有些坐立不安。伙伴们几次让他举杯为他妻子的健康平安干杯。汤姆高声喊道：“请大家举杯！再喝上一杯，她就到啦！”

乔用托盘端来了酒分给大家，最后剩下两杯，我拿起了其中一杯，乔压低了嗓子吼道：“别拿这一杯，要拿那一杯。”

我照他说的做了。亨利接过了剩下的那杯，刚喝完这杯酒，时钟响了，敲了九下。他听着钟敲完，脸色变得苍白，说：“伙伴们，我很害怕，请你们帮帮我——我要睡下了！”

他们扶他躺在沙发上，他开始打起瞌睡来。可是过了一会儿，他像在说梦话一般，说着：“我听见马蹄声了，是他们来了吗？”

一个老淘金人贴着他的耳边说：“这是吉米·帕里什，他来在路上耽搁了，不过他们已经上路了，正来着呢。她的马瘸了，再过半小时就到家了。”

“啊，谢天谢地，她没出什么事！”

话还没说完，他就睡着了。这些人立马灵巧地帮他脱了衣服，把他抱到卧室的床上，给他盖好被子。他们关上了门，走了回来，准备离开屋子。我连忙说："你们别走呀，先生们，她不认识我呀，她回来我怎么向她解释啊？"

他们互相看来看，然后乔说："她？可怜的人儿啊，她都死了十九年啦！"

"死了？"

"可能更不幸。她结婚半年后回家探亲，在回来的路上，就在星期六的晚上，在离这儿五英里的地方，被印第安人给抢走啦。从此以后，再也没人听说过她的消息。"

"从此他就精神失常了？"

"从那时起，他就没再清醒过。不过他只是每年这个时候情况才会更糟。每年的这个时候，就是当年在她要回来的前三天，我们就开始到这儿来。我们鼓励他打起精神，问他是否接到她的来信。然后星期六我们就会都到这儿来，用鲜花装点屋子，为舞会做好一切准备。十九年来，我们每年都会这样做。第一年的星期六，我们总共有二十七个人，还不算姑娘们；现在只剩下我们三个人了，姑娘们早就离开了，她们都走了。我们会给他吃药，让他躺下来睡觉，要不然他会发疯的。于是，他又会静静地等着来年——想着她和他在一起。直到临近归期的这三四天，他又开始四处寻找她，拿出那封可怜的旧信，我们就请求他读给我们听。老天啊，她确实是一个可爱的人！”

百万英镑

（内容有删节）

二十七岁的时候，我正在为旧金山的一个矿业经济人工作，搞清了证券交易所的门道。我是一个人闯世界，除了自己的聪明才智一无所有。不过，这反而让我能脚踏实地地工作，不去做那些虚无缥缈的发财梦，埋头老老实实干活。

每到星期六下午股市收盘后，我就喜欢弄条小船到海湾里去消磨时光。有一天，我驾着小船驶得远了些，漂到了外海。当时已经是夜幕降临，正在我感到绝望的时候，一艘开往伦敦的双桅帆船正好路过，把我给救上了船。

因为身无分文，船上的人让我打工来冲抵船票钱。我一路上干着普通水手的活儿，好不容易熬到船抵达伦敦。上岸的时候，我兜里只剩了一块钱。靠着这一块钱，我硬是过了整整一天。接下来的二十四个小时里，我饿得前心贴后背，连住的地方都没有。

第二天早上十点钟左右，我穿着破衣烂衫，饿着肚子沿着波特兰大道有气无力地前行。这时，一个保姆领着一个小孩子从我身旁路过，那孩子把手上才咬了一口的大鸭梨扔进了下水道。我顿时停下脚步，满眼放光地盯住那沾满污泥的宝贝。我的口水直往下流，恨不能从肚子里伸出一只手来抓住它。可是，我刚想伸手去捡，就觉得有一双眼睛盯着我瞧。我有些不好意思，赶紧站得直直的，装作对那个烂梨毫不在意。大街上人来人往，我一次次想伸手去捡梨，却一次次缩回了手。正当我准备丢开面子去抓梨的时候，我身后的一扇窗子打开了，一位先生在里面对我说："请你到这儿来一下。"

接着，一个衣着华丽的仆人把我领进一个豪华房间。里面坐着两位老先生，他们先让仆人离开，然后让我坐下。他们刚吃完早餐，桌子上还有些没吃完的食物。我看着它们，脑子里只有一个念头，可是人家没请我吃，我只好忍着。

两位老先生为什么请我进屋，我是好多天以后才知道的。两位先生是兄弟二人，他们为一件事争论了好多天，谁都没法说服谁，最后他们决定打个赌来分出胜负。

当初，英格兰银行曾经发行过两张一百万英镑的大钞，用于和某个国家的大宗交易。后来，这两张大钞有一张用过后被注销了，另一张则一直在英格兰银行的金库里保管。这兄弟俩聊起这张大钞，忽发奇想：如果一位有头脑又诚实的外乡人落难伦敦，无依无靠，除了一张百万英镑的大钞一无所有，而且还没法证明这张大钞是他的——他的结局会怎样呢？哥哥说这人只能饿死街头，弟弟说这人能活得很好。哥哥说，这人根本花不掉那张大钞，因为没人信他，他会被抓起来送进监牢。兄弟俩争执不下。后来弟弟说，他愿出两万英镑打赌，这人能靠百万英镑大钞活过三十天，而且不会进监牢。哥哥当场同意打这个赌，弟弟就到英格兰银行把那张大钞买了回来。瞧瞧，真像一个地道的英国人，气宇轩昂，出手不凡。

然后，兄弟俩在窗前坐了整整一天，希望能找到一个接受这张百万大钞的合适人选。

他们审视着一个个从窗前经过的人，发现有的人老实，却不太聪明；有的聪明，却不够老实；还有不少人是又聪明又老实，可又不够穷；等到个穷得叮当响的，他又不是外地人——总之就是不满意。恰在此时，我出现了；他们俩商量了一番，认定我是最合适的人选，就把我叫了进来。我呢，根本不知道他们叫我进来要干什么。

他们开始问我一些个人问题，很快就弄清楚了我的底细。最后，他们告诉我，我是他们认定的合适人选。我说我很高兴，却不知道他们到底是什么意思。

这时，一位老先生交给我一个信封，说打开一看就知道了。我正要打开，可他又不让我当场打开，让我带回到住处好好瞧瞧。我满腹狐疑，想打探一下他们的目的，可是他们什么都不可肯说。我只好告辞，心里感到有些屈辱，他们明摆着是要着我玩呢，可是我还不能冲他们发脾气。毕竟，以我现在的处境，哪儿有底气对着两个富豪发火。

我琢磨着把那个梨捡起来，不管不顾地吃掉。可等我回到街上，那个梨早就不见了。为了这桩倒霉的买卖，梨也没了，一想到这个，我就对那两个家伙一肚子的气。

我走到远离那所房子的地方，打开信封一看，原来里边装的是钱啊！说真的，我对那两位老先生顿时没有任何意见了。我急不可待地把信封和钱往马甲兜里一塞，就朝最近的一家廉价的小吃店跑去。饭菜一上来，我就一顿猛吃！肚子撑得实在难受，我才掏出那张钞票准备付账。我一看面额，发现是一张百万英镑大钞，立即感到天旋地转，差点昏倒在地。

我盯着那张大钞发愣，足足一分钟才缓了过来。这时，小吃店老板的目光也定在这张大钞上，像遭了雷击一样，似乎是无法动弹了。我顿时有了主意，把那张大钞递到他眼前，漫不经心地说："请赶快找钱吧。"

他这才清醒过来，不停地向我道歉，说他找不开这张大票，死活也不肯接。他一个劲地瞧着那张大钞，好像怎么也看不够，然而就是不敢用手去碰它，似乎凡人不配触碰似的。

我看老板这副模样，就说："不好意思，给您添麻烦了。请您赶快找钱吧，我身上没带零钱，就这么一张票子。"

他连连说，这点小钱不值一提，以后再说。我说，我很长时间都不会再到这儿来；可他说没关系，我想什么时候来就什么时候来，想在店里吃什么就点什么，想什么时候来结账就什么时候来。他说，像我这么一位有钱的绅士，应该是喜欢扮成穷人跟老百姓开玩笑，绝对不会赖账的。

正在这时，店里又进来了一位顾客，小吃店老板让我收起那“怪物”，然后礼貌地把我送出店来。我出了店门，直奔那所宅子去找那两兄弟二人，想把钱还给他们，以免警察来抓我。尽管这并不是我的错，可我还是心惊肉跳。我知道，他们是想拿一英镑做点好事，救助一个流浪汉，可是不小心错把一百万镑的大钞装进了信封。他们要是发现这个错误，肯定不会怪自己眼神不好，而是会把那个流浪汉找来臭骂一顿。

快到那宅子的时候，我发现宅子里很安静，看来没有人发觉给错钱这件事。我摁了下门铃，当初领我进去的那个仆人又出来了。

我请他赶紧领我去见那两位老先生。

“他们已经走了。”他用那种仆人惯有的傲慢、冰冷的口气回答。

“走了？到哪里去了？”

“出远门了。”

“到底上哪儿去啦？”

“我想应该是去欧洲大陆了吧。”

“欧洲大陆？”

“是的，先生。”

“那他们怎么去的，走哪条路线？”

“我不知道，先生。”

“他们什么时候回来呢？”

“得一个月吧。”

“一个月！完了完了！你看怎么能给他们传个话，这事很紧急。”

“对不起，我根本不知道他们上哪儿了，无法和他们联系上，先生。”

“那，让我见见他们的家人总行吧？”

“他们也走了；估计都出国好几个月了——应该是去埃及和印度了吧。”

“伙计，我可不是开玩笑，眼下出了大错误，他们不到天黑就会回来。如果他们回来了，请你告诉他们我来过。我会好好处理这件事，让他们不要担心。”

“只要他们回来，我一定会转告，不过，我想他们不会回来的。他们说了，不出一个钟头你就会来的，还让我告诉你，什么事都没有。时间一到，他们自然会在这里等着你。”

既然他这么说，我只好离开了。这些人在搞什么鬼！我一头的雾水。时间一到他们会在这儿等我？这是什么意思？这是什么意思？哦，对了，信封里除了那个大钞还有一封信，没准那封信上说了。我赶忙把那封信抽出来一看，信上是这样说的：

我们一见到你，就知道你是个又聪明、又诚实的人。我们猜你很穷，还是个外地人。我们给你留下一笔钱，借你用三十天，不算利息。一个月后你再回来报告情况。我在你身上打了一个赌。假如我赢了，我可以在我的权限内帮你安排任何工作——只要你能证明你干得了。

信上没有落款，也没有地址，甚至没有日期。

当时的我并不知道这两位老绅士在搞什么鬼，我完全处于茫然状态。我来到一个公园的长椅上坐下来，想理清头绪，看看自己应该怎么办。

我经过一小时的琢磨，总算理出一点头绪。

那两个人也许是恶作剧，搞阴谋，做实验，或者出于其他的目的，总之他们拿我打了一个赌，赌什么我搞不清楚，暂且不去管它。假如我拿着这张大钞要求英格兰银行把它存入那位老绅士的名下，银行肯定会照办的。不过，银行一定会盘问钞票的来历。我要是说实话，他们会把我当流浪汉送进收容所；我要是说假话，他们就会送我去蹲大狱。我拿着这钞票随便到哪儿去换钱，或者靠它去借钱，结果都是一样的。我只能带着这个大累赘走来走去，直到那两位老先生回来。这张大票子对我来说就跟一张废纸似的，我一边拿着它，一边靠要饭过活，还得把它给保管好。就算我想把它送人，恐怕也送不出去，因为没有一个良民敢收。就算我把这张大钞弄丢了，烧了，他们也能停止支付，丝毫不会受损失；我倒要担惊受怕整整一个月——除非我能帮着他们哥俩中的一个赢了那个赌局，然后得到他许诺给我的职位。

我开始憧憬得到那份美差后的日子，不用说，薪水肯定不会少。再过一个月就要正式上班，从此我算是咸鱼翻身了。这一下，我的自我感觉好极了。

我又在大街上闲逛起来。我看到了一家服装店，顿时想换掉身上穿的破衣裳。可是，店里的衣服我能买得起吗？唉，除了那一百万英镑，我一无所有。于是，我只好收起心中的渴望，从服装店门前走了过去。可不一会儿，不知怎的我又转了回来。那份诱惑紧紧缠着我，我不由得在服装店门前面来来回回走了六趟，终于还是走了进去。我问他们有没有顾客试过的不合身而退回来的衣服。那个伙计没理我，只是朝另一个点点头。我朝另一个伙计走过去，他也不说话，我又朝第三个伙计走过去，这一回他开口说了句："我这就来。"

我只好在一旁等着。好不容易等他忙完了手头的事，把我带到后面的一个房间。他在一摞被退回的存货中翻了一通，然后给我挑出一套最寒酸的来。我换上了这套衣服，显然不太合身，样子也一点不中看。可它看起来总算是新的，而我也没什么好挑剔的，于是有些胆怯地问："你们能不能通融一下，我过几天才能付账，因为我现在身上一点零钱都没有。"

那个伙计立刻表现出一副刻薄至极的样子，说："哦，您身上没带零钱？老实说，我早就看出来了，您不会带零钱的，像您这样的先生只会带大票子出门。"

我顿时火了，说："朋友，对外乡人不要以貌取人啊。这套衣服我当然买得起，只是怕你们找不开，给你们添麻烦。"

他听了我的话，稍稍收敛了一点，可还是摆出那副刻薄样，说："我可没想冒犯您，不过，您也别怕麻烦我们，您凭什么认为您带的票子我们找不开呢？正相反，我们找得开。"

我于是把那张钞票递给他，说："哦，那可太好了，我道歉。"

他笑着把那张大钞接了过去，可是只不过瞟了一眼，他的笑容就凝固了。我从来没见过谁的笑容像这样尴尬地定格在脸上。那家伙站在那儿捏着钞票，眼睛直勾勾地看着，愣在了那里。

老板走过来，想看看出了什么事。他用轻快的语气问："哎呀，这是怎么啦？有什么问题吗？"

我说："什么问题都没有。我只是正等着贵店给我找零呢。"

"快点找给他钱呀，托德，快点吧，还愣着做什么？赶紧找钱给他。"

托德反唇相讥："找钱给他！您说得倒是轻巧，老板，您还是自己来看看吧。"

老板看了一眼钞票，低低吹了一声口哨，意味深长，然后一头扎进那摞退货的衣服里，不停地翻找着。他手里乱翻，口中则一直激动地自言自语："竟然把一套完全拿不出手的衣服卖给一位百万富翁！托德真是个傻瓜！他老是这个样子，把来的所有百万富翁都气走了，就因为他分不清谁是百万富翁，谁是流浪汉。啊，找到了。先生，请把您身上的那套衣服脱了，扔到火里烧了算了。您赏个脸，穿上这件衬衫和这身衣服。哎呀，真是太合身了，低调、考究庄重，完全是王公贵族的派头。这身衣服是给一位外国亲王定做的，说不定您认识他，先生。亲王本来要来拿的，可是他的母亲病重，他就把这套衣眼放在这儿，又做了一套丧服，可是他母亲后来又没有死。算了，咱们不扯这些了，总之世事无常。事情哪能老按咱们想的——嘿！裤子正合您的身，先生；您再来试试这个马甲——哎呀，刚好合适！赶紧穿上外衣——我的老天！嚯！真是完美！我这一辈子还没见过这么漂亮的搭配哪！”

我连忙表示，自己很满意这身衣服。

“还凑合，先生。这套衣裳您先穿着，您赏个脸先穿上。过不了多久，我们就会按您自个儿的尺码给您做一阵套衣裳。托德，快点，把本子和笔拿着，我说你记。啊，裤长三十二英寸[①]——”就这样，我

① 英寸：1 英寸约等于 2.5 厘米。

一句话都插不上，老板已经量完了尺码，正在吩咐给我做晚礼服、晨礼服、衬衫以及各种样式的衣服。

我好不容易瞅个空子插了一句嘴，说："可是，亲爱的先生，我不能定做您说的这些衣服，除非您能无限期地等下去，或者找开这张钞票。"

"无限期？这个词还不够，还不够！先生，您得说永远——这才像话呢。托德，赶快把这些衣服做出来，做好了就立马送到这位先生的府上去。让那些小主顾先等着吧，你赶紧的，先把这位先生的地址记下来，然后——"

"我要搬家了，抽空过来再留新地址给你。"

"哎呀，先生，您太客气了。稍等啊——我送送您，先生。您走好，先生，再见。"

哈，后面的事情我就不用多说了吧？我依葫芦画瓢，想买什么就去买什么，结果不出一星期，我把所有想要的东西都准备停当。我还在汉诺威广场一家价格不菲的旅馆住下来，在那儿吃晚餐。早晨我还是到最初去的哈里斯家的小吃店去，我就是靠一百万英镑的钞票在那儿吃上了来伦敦的头一顿饭。如今我去那儿吃饭完全是给这个小店长脸，因为城里早就传开了，说有个口袋里揣着百万大钞的外国阔佬经常在此进餐。这家原本勉强糊口的小吃店，现在名声大振，去吃饭需要排长队。老板哈里斯对我感激不尽，不但不收饭钱，还要借钱给我，还不许我推辞。就这样，我虽然身无分文，却不缺钱花，日子过得还很有排面。

其实，我心里也没底，就怕哪天会露馅。可是，事情已经到了这个地步，我也没有别的办法，只有硬着头皮装下去。到了晚上，我辗转反侧，夜不能寐，生怕这事没法收场。可一到白天，这些烦恼就烟消云散了。我飘飘然，陶醉在有钱人的生活中。

如今，我已经成了伦敦这个大都会的名人之一。不管你翻开哪一份报纸，不管是英格兰的，苏格兰的，还是爱尔兰的，总有一两条和“随身携带百万英镑的人”相关的消息。起初的时候，关于我的消息放在杂谈栏的末尾；不久，我的新闻就盖过了各位爵士，再后来又超过了男爵。就这样，我的曝光度越升越高，名气也越来越响，甚至冲上了报纸的头版头条。很快，著名的讽刺画刊《笨拙》[1]登出了描绘我的漫画！如今我总算混出来了，在名人堆里站稳了脚跟。美中不足的是，《笨拙》把我的衣服画得都开了线，画面是我正在跟一个伦敦塔[2]的卫兵讨价还价。

我本来是个无名之辈，如今我的只言片语会被到处传扬；随便走到哪里，都能听见人们相互转告："就是那个人，嘿，就是他！"我在外面吃早饭，围观的人里三层外三层；我去观赏戏剧，刚在包厢露面，成百上千的望远镜都转向我这边。

我还留着刚来伦敦的那套破衣服，时不时地穿出去，为的就是享受一下从前的那种乐趣：先说要买点儿小物件，一旦受气，就掏出那张百万英镑的大钞，让那些势利眼无地自容。可是，我的这种把

①《笨拙》杂志：英国著名幽默插图杂志，1841 年创刊。

② 伦敦塔：从前是一个囚禁重要政治犯的监狱。

戏玩不下去了。画刊早把我的那套行头刊登出来，只要我穿着它上街，就有一大群人跟在后面；我刚想买东西，还没来得及掏出那张大票子，老板就表示可以把整个铺子都赊给我。

在我名扬伦敦后的大约十天，我前去拜会了美国公使，表示想为祖国做点儿什么。他热情地接待了我，说我早该想着为祖国出点力。公使说当天晚上他要举行宴会，有一位宾客因病缺席，我正好可以补这位宾客的缺。我连忙答应下来，然后和公使寒暄起来。这一聊才发现，他和我父亲从小是同学，后来又在耶鲁大学同窗读书。一直到我爸爸去世，他们都是知心好友。所以，我只要有空，尽管来他府上做客。

我简直高兴坏了，就凭他的身份，我将来出点什么事，他也许能搭救我，让我免了牢狱之灾。我思来想去，不能把自己的底细告诉他。现在我还不敢说，我虽然在外面花天酒地，但我依然小心不让外债超过我的支付能力——也就是，不超过我未来那份体面职位的薪水。至于薪水嘛，我想年薪应该在六百到一千英镑；即使第一年只拿六百英镑，以后每年肯定会加薪。以我的能力，薪水肯定能加到一千英镑。尽管大家都想借给我钱，我却找各种借口婉言谢绝；我相信，只要我节俭一点，靠我将来的薪水肯定能还上。只要过了这个月，我未来的老板回来，就万事大吉了。

当天晚上的宴会真是妙不可言，一共有十四位客人到场。除了公爵夫妇、一位子爵等，还有公使和公使夫人，以及他们的女儿和她的一位密友——二十二岁的英国姑娘波蒂娅·朗姆。我对波蒂娅小姐可谓一见钟情，她也爱上了我——这一点我能感觉到。另外，据说还有一位美国客人要来。

正在屋里的客人们等着用餐，并冷眼看着后到的客人时，仆人进来通报："劳埃德·黑斯廷斯先生到。"

黑斯廷斯和主人寒暄过后，马上瞧见了我，他伸出手热情地朝我走过来。我们手还没握上，他忽然停下，有些不好意思地说："对不起，先生，我好像认识你，你就是那个，那个——"

"你当然认识我啦，我的老朋友。"

"莫非你就是——就是那个——"

"是的，那个腰缠万贯的怪人，对，就是我。报纸上都这么说，我习惯了。"

"啊，啊，啊，真没想到他们说的那个亨利·亚当斯会是你。半年以前，你还在旧金山市给布莱克·霍普金斯打工，为了挣点加班费拼命熬夜，帮我整理核实古尔德和加利矿业公司的账目呢。没想到你会到了伦敦，而且成了百万富翁和风云人物。天哪，这简直是天方夜谭啊！伙计，这一切我真难以理解。"

"事实上，看来你混得也不错呀，而且我自己也没弄明白呢。"

"好家伙，真是没想到！哎，上次咱们去矿工饭店吃饭才不过是三个月以前的事——"

"不对，是去欢乐府。"

“没错，是欢乐府，是凌晨两点钟去的，咱们清点账目用了六个钟头，然后到那儿去吃牛排，喝咖啡。那时我想劝你跟我一起来伦敦，还要替你去请长假，帮你出全部路费，还只要那笔生意做成了，咱们就发了。可是你不听，说那笔生意成不了，还说你的工作放不下。结果呢，你却自己跑到这儿来了。对了，你是怎么来到这里的？还有，你是怎么在这里混得风生水起的？真是太神奇了！”

“啊，说来可就话长了——怎么说呢？确实是相当传奇。有机会的话我一定如实相告，不过现在还不行。”

“什么时候能说？”

“到这个月底。”

“那还有半个月呢。唉，对一个好奇心重的人来说，真是一种折磨，提早一个星期告诉我吧。”

“不行。到时候你就知道是为什么了。接着说，你的生意现在做得怎么样了？”

一提到这个话题，他马上唉声叹气起来：“被你说中了，亨利。我要是不来这里才好呢。我现在不想提这件事。”

“那可不行。你一定要跟我说，今晚你到我的住处去，把事情原原本本讲给我听。”

“啊，你这话当真？”他的眼中泛起了泪光。

“当然啦，你就从头说起，一字不落全告诉我。”

“真是太谢谢你啦！我混到这个地步，没想到还有人会关心我，愿意倾听我的事情，天呐，我差点都想给你跪下了！”

他使劲握住我的手，精神也好多了，高高兴兴地等候晚餐。就在这时，又出乱子了。这都要怪英国那个古板的规矩——由于排定不了座次，最后连饭都吃不成。英国人赴宴的时候，总是先吃了饭再去，因为他们知道能不能吃上饭还说不定呢。可是他们并没有把这个规矩告诉外来的客人。当然这一次大家都是有备而来，就连黑斯廷斯在接到邀请时也听美国公使说过：为了尊重英国人的习惯，他根本就没有准备正餐，只准备了一点小吃。

来宾中的男士遵循惯例，每个人都挽着一位女士，鱼贯进入餐厅。这个时候，麻烦就来了。绍勒迪希公爵想要坐首席，他说他的地位高过公使。这时我不乐意了，毕竟我在报纸的杂谈栏里，地位高过皇室成员以外的所有公爵，所以我要求坐首位。最后我们拿出自己的道理争执了一番，把各自的祖先都搬出来了，还是解决不了问题。于是大家又回到客厅，在那儿自己凑对，端着沙丁鱼碟子和草莓，就这么站着吃，这样就不必排什么座次了。

吃完小吃后，我们搬过桌子来打牌，每一局押注六便士。英国人就是这样，如果不赢点什么或输点什么，他们宁肯不玩。

我们度过了一段美妙的时光，我说的是波蒂娅小姐和我。我和她一起玩牌，结果被她弄得魂不守舍，幸好那姑娘也是一样，所以我们一直半斤八两，分不出个输赢来。反正我们俩都不在乎这些。每打完一把，我算分的时候，总要东扯西拉；要是该她算分了，她也会心照不宣地像我一样。我们只觉得开心。

我向她表白了，而她也亲口说喜欢我。不过我坦白地对她说，我现在身无分文，一个便士都没有。现在我身上唯一有的，就是那张她听说过的、鼎鼎有名的百万大钞，而且那张大钞还不是我的。这让她感到好奇，我就悄悄地把事情的经过从头到尾讲了一遍，把她笑得前仰后合。我也不明白她笑的是这个故事呢，还是在笑我这个人，反正她就是在那里笑个不停。于是我只好住嘴，让她先平静下来。看到她对我这段颇为受折磨的经历都能感到如此开心，我心里对她的喜欢愈发强烈了。况且，以当下的情况看，我也该考虑有太太了。

当然，我告诉她，如果我们要结婚，那还得等上两年。她倒不在乎这些，只是希望我花钱的时候俭省一点，免得把第三年的薪水也花了。接着，她开始担心起来，她让我再算算，是不是把头一年的起薪估计得过高。这让我有些忐忑，同时也让我有了一个主意，我说："亲爱的，到了满一个月的时候，你愿跟我一起去见那两位老先生吗？"

她迟疑了一下，说："只要我去能让你安心一点，我愿意。可是——这样合适吗？"

"我也不知道合不合适——或许不太合适。要知道，你去不去对我来说关系可大着呢，所以——"

"那我去就是了，管他合不合适，"她用一种爽快的语气说，"一想到能帮上你一点儿忙，我就太高兴了！"

"亲爱的，哪是帮一点儿忙啊，这事全靠你了。你这么美丽，这么可爱，这么迷人，有你和我一起去，就算让那两老先生给我发最高薪，他们也会心甘情愿的。"

她听了我的话，满脸笑意，眼睛里闪着幸福的光。

"真会哄人，连半句实话都没有。不管怎么样，我还是会跟你一起去的，也许能叫你明白，别指望别人都会用你的眼光看人。"

我心中的疑虑顿时全消，充满了信心，暗自把头一年的薪水提高到一千二百英镑。不过我没告诉她，准备到时候给她一个惊喜。

回家时我一路上飘飘欲仙，黑斯廷斯跟我说的话，我一句都没听进去。直到黑斯廷斯跟着进了我的客厅，对屋中的豪华陈设赞不绝口时，我才清醒过来。

“我的天哪！这哪是什么公寓，简直就是宫殿呀！真是应有尽有，暖融融的火炉，连晚餐都备好了。亨利，和你相比，我才明白自己底有多穷，我就是个穷鬼，废物，彻头彻尾的废物了！”

该死！他的话让我如梦初醒，我这才认识到我自己的真实处境。我其实站在火山口的边缘，欠了一屁股债，身无分文，寄托着一位可爱姑娘的希望。而这一切都要倚靠那份虚无缥缈的工作带来的，也许根本无法兑现的丰厚薪水。唉！我算是完了，彻底没救了！

“亨利，你只要把你每天花的钱拿出一点点，就可以——”

“哼，我每天花的钱！来，喝酒，咱们干一杯吧！啊，你还饿着哪，坐下，来，喝——”

“我不饿，已经饿过劲了。这些天我一直吃不下；不过，我要陪你喝个够。干！”

“那我奉陪！大家一起干！劳埃德，咱们一边喝，你一边讲讲你的事。”

“怎么讲？我再说一遍？”

“再说一遍？你这话是什么意思？”

“嗨，我的意思是，你还想从头到尾听一遍？”

“再听一遍？等等，你别喝了。”

“亨利，你这是怎么了？到这儿来的路上，我不是把什么都对你说了吗？”

“你说过了？”

“是啊。”

“我没听过啊，我要是听见了一个字，我就不得好死。”

“亨利，你就别折腾我了。刚才你在公使那里，是不是遇上什么了？”

听他这么一说，我顿时明白了，我光顾着想波蒂娅小姐，根本没听清劳埃德讲什么。于是我跟他说了实话："我被世界上最可爱的姑娘俘虏了！"

他朝我冲了过来，跟我握手，我也使劲握住他的手，握得我们的手都疼了。这次他坐下来，又把他的故事从头讲了一遍：

他刚来到英国时，本以为这里遍地都是黄金。他做了古尔德和加利矿业公司招股的代理，帮着勘探商出售开采权。他们约定，销售金额超出一百万美元的那部分全部归他。他用上了全部关系，费尽心思，几乎花光了所有的钱，可是没一个英国资本家愿意投资他的生意。他的代理权这个月底就要到期了，再没有人来投资，他就要破产了。

说到这里，他跳起来大声说："亨利，只有你能救我！这世界上能救我的只有你了，只要你愿意拉我一把就行，就拉我一把！"

"告诉我怎么做，你直接说，伙计。"

"你给我一百万，外加我回美国的路费，买断我的代理权！求求你，亨利，千万别拒绝哦！"

我真是有苦说不出。我正准备实话实说，但我脑子里突然冒出一个念头，我极力控制自己，用平静的商人语气说：“劳埃德，既然这样，那我就拉你一把——”

“啊，这下我可有救了！有朝一日，我——”

“劳埃德，你先听我把话说完。我是要拉你一把，可不是像你想的那样拉；你吃了这么多苦，受了这么多的罪，我坐享其成，对你来说不公平。我用不着买矿山的开采权，我有一个好办法。我对那座矿山的事情了如指掌，清楚它的价值。你可以打着我的旗号去推销，两三个星期里头就能收到三百万现款，到时候利润我们对半分就行了。”

他听了这话，顿时狂喜不已。要不是我想尽办法把他死死控制住，他能把我家里的所有东西都砸个稀巴烂。他说：“用你的名义！啊，那还了得！那些伦敦的有钱人要是知道了，准会成群结队地来我这里认购股份，搞不好还会抢破头打起来！这下我可发了，我永远忘不了你的恩情！”

不到二十四小时，消息就传遍了伦敦！我每天白天在自己的屋里，对前来打听消息的人说："没错，我是这么说过。这个人我了解，也知道那座矿山。他的人品无可挑剔，那座矿山肯定能赚。"

到了晚上，我就去公使府上陪着波蒂娅。关于矿山的事我只字不提，准备到时候给她一个惊喜。我们谈到了那笔未来的薪水，有时也谈谈爱情。除了薪水和爱情，我们就没谈过别的。

终于到了月底，我在伦敦国民银行的户头上已经有了一百万美元，黑斯廷斯户头上的钱也和我的一样多。当我穿着自己最体面的衣服，驱车经过波特兰大道那所宅子时，根据我的观察，我猜那两位老先生已经回来了。

我赶紧到公使府上接了波蒂娅小姐，就往那边赶，一路上起劲地谈论薪水的事。波蒂娅很兴奋，又带点焦虑，这使她看起来更迷人了。我说："亲爱的，就凭你现在的模样，我要的年薪不能少于三千英镑。"

"亨利，你可别毁了咱们的未来啊！"

“别担心，瞧我的吧，保证万无一失。”

结果这一路上，她反而不停地给我泼冷水。她说：“假如咱们的要价太高了，说不定最后两手空空。那时候咱们可怎么办呢，岂不是走投无路了吗？”

到了宅子前，还是那个仆人把我们领了进去。那两位老先生都在，看见有位美人儿跟我一起来，他们表现得很惊讶。我对他们说：“先生们，她就是我以后的贤内助。”

接着，我向两位老先生介绍她，并直呼两位老先生的姓名。他们对此倒不觉得奇怪，因为他们知道我一定打听过他们的姓名。

他们请我坐下，并且热情地招呼波蒂娅小姐，请她不要太拘束。这时我说：“先生们，我准备向你们报告我这段时间的状况。”

“我们很高兴能听你的报告，”那位支持我的先生说，“这样我们打的赌就能见分晓了。如果你让我赢了，就可以在我的职权范围内得到一份工作。那张百万英镑的钞票你带来了吗？”

“在这儿，先生。”我把钞票交给他。

“我赢了！”他拍着另一位老先生的后背喊了起来，“你还有什么可说的？”

“我真不敢相信，他竟然活下来了。好吧，我输了两万英镑。”

“还有一件事，”我说，“我要好好说说这一个月的经历，我保证这值得一听。还有，请二位瞧瞧这个。”

“好家伙！二十万英镑的存单。这是你赚的不成？”

“是的。我在三十天内用阁下给我的那张钞票，赚了这笔钱。至于那张钞票，我只靠它买过小吃，付账时让他们找零钱用。”

“这真是太了不起了，简直是匪夷所思，小伙子！”

“我说的都千真万确，别以为我在吹牛。”

这时轮到波蒂娅吃惊了，她眼睛睁得大大，说：“亨利，这真是你的钱吗？原来你一直瞒着我！”

“亲爱的，我确实不该瞒着你，不过，我相信你会原谅我的。”

她噘着嘴说："你这淘气鬼，竟然敢骗我！"

"啊，宝贝，别生气了，我是和你闹着玩的。"

"好了，现在你想要什么职位？这是我曾经答应过你的事情！"那位获胜的老先生说。

我说："我很感谢您，不过，现在我已经不需要那份差事啦。"

"年轻人，你可想好了，在我的职权范围之内，我可以你给一个最好的职位。"

"谢谢您，衷心感谢。不过，我真的不需要啦。"

"亨利，别辜负了这位好先生的好意，要我替你来向这位先生表达谢意吗？"

"当然可以，亲爱的，就看你的啦。"

她走到那位获胜的老先生跟前，倒在他怀里，拿起他的胳膊搂住自己的脖子。那两位老先生哈哈大笑起来，我不知所措，在一旁看傻了。

波蒂娅说："爸爸，他说不想要您许给他的职位，我真伤心——"

"宝贝，他是你爸爸？"

“是啊，他是我的继父，是世界上最好的爸爸！现在你该明白，在公使家时我听了你的话为什么会那样笑了吧。”

我连忙说：“噢，亲爱的先生，我想把刚才说的话收回来。我想从您这儿获得一个职位——”

“说说吧，你想要什么职位？”

“做您的女婿。”

“哈哈哈！你显然没做过这个职位，你也无法证明足以胜任，所以——”

“请您让我试试——让我试试吧，我求求您了！只要让我试个三四十年就行——”

“噢，好吧，好吧。这也不是什么太过分的要求，你就带她走好了。”

我们真是太高兴了，就是翻遍所有的词典，也无法找到合适的词语来描述我们当时的心情。

一两天后，所有的伦敦人都听说了我和百万英镑大钞在一个月中的神奇经历，他们对此津津乐道，把这些作为茶余饭后的谈资。

我的老岳父把那张百万英镑的大钞送回英格兰银行，换回了现钱。随后，银行注销了那张钞票，并把它作为礼物赠给了他，他又把那张钞票在我们的婚礼上送给了我们。

我再次得到那张百万英镑的钞票，把它镶在了镜框里，挂在我们家最神圣的位置上。正是它，给我送来了娇妻。要不是它，我哪能留在伦敦，哪能去公使家做客，更不要说遇到波蒂娅了。我总是对人介绍说："不错，您没有看错，这是一张百万英镑的钞票；可是这张钞票自从出世以来只用了一次，就再没使用过；后来，我只花了大约十分之一的价钱，就把它弄到手了。"

法国人大决斗

有些喜欢讲笑话的人总是拿现代法国人的决斗开玩笑，编一些段子，不过它依然是我们这个时代最让人害怕的一种风尚。这种决斗总是在户外进行，所以参加决斗的人多半要着凉。

保罗·德卡萨尼亚克先生酷爱决斗，可以说这都成了他的一种癖好。就是因为这个爱好，所以常常在户外受凉，结果成了一个躺在床上的病秧子。就连巴黎最有名的医生都断定，如果他继续保持决斗的爱好十五年或二十年——除非他能改在舒适的室内进行这项活动——他必定会丢掉性命。这一事例肯定可以平息某些人的奇谈怪论。这些人一口咬定，说什么法国人的决斗有益身体健康，因为在户外活动对身体有好处。这一事例也肯定可以反驳另一些人的谬论，他们认为只有参加决斗的法国人及君主能健康长寿。

好了，现在我要转入正题了。我最近听到传闻，冈贝塔先生和富尔图先生最近在法国议会中吵了起来，而且吵得很厉害，我就知道麻烦事要来了。我之所以有这种判断，是因为我和冈贝塔先生是老相识，知道他性情执拗，冲动起来不顾一切。他身材高大，身体里似乎充满了狂热的细胞。

我没等他来找我，赶紧先跑去看他。果然，这位猛人正处在一种法国式的宁静之中。我会说"法国式的宁静"，是因为法国人的宁静和英国人的宁静不同。只见他家中一片狼藉，好些个家具被砸的稀烂，他就在这堆破烂中走来走去，时不时还猛踢一脚他碰到的家具碎块。他咬牙切齿地发出一连串的咒骂声，不停地揪着自己的头发。每隔一会儿他就停下来，把揪下来的头发放在桌上的一小堆头发上，这些都是他在我来以前揪下来的。

他见到我，马上伸出双臂搂住我的脖子，把我的头按在他胸口上，在我的两边脸颊上亲来亲去，紧紧抱住我，然后放开，接着又紧紧抱住，就这么拥抱四五回，然后把我按在那张他本人常坐的安乐椅里。我好不容易调整好情绪，他就说有正经事情要和我谈。

我说："如果我猜得不错，你是要我做你决斗中的助手吧？"

他说："正是如此。"我说要我做助手也行，必须给我取一个法国人的名字。毕竟我是一个美国人，万一决斗中闹出人命，我可以逃脱美国舆论的谴责。

听我这样说，他的身体缩了一下，大概认为我是在暗示决斗在美国是不受人尊重的吧。不过，他还是同意了我的要求。所以，后来所有的报纸都是这样报道的：冈贝塔先生的助手显然是一个法国人。

作为决斗中的助手，我们首先要为决斗的人订立遗嘱。我对他说，一个头脑清醒的人，一定会在决斗前立好他的遗嘱。他说他从来没听说一个头脑清醒的人，会在决斗前干这种事。他把遗嘱写好后，就琢磨着编一段生命中“最后的话”。最后，他想出了一段话，然后念给我听：“我的死，是为了祖国，为了言论的自由，为了文明的进步，为了全人类的和平！”

我觉得这段话有点长，在临死前说这些话，会浪费太多的时间。对一个身患疾病的人来说，这确实是一段绝妙的演说词，但是它不适合决斗场上那种紧迫的情况。我们在这个问题上争执不休，最后我还是迫使他将那段话缩成这么一句话：我的死是为了让法兰西永世长存。他将这句话抄写在记事本上，准备把它背下来。我说，这句话好像跟决斗没有什么关系。但是他说，有没有关系并不重要，最重要的是听起来要铿锵有力。

这件事办妥了，第二件要做的事情就是选择武器。冈贝塔说，他觉得身体有些不舒服，所以准备把这件事情以及安排决斗的其他琐事都交给我去办。于是我写了一张便条，把它交给富尔图先生的决斗助手。便条的内容是这样的：

先生：

冈贝塔先生同意富尔图先生的决斗要求，并授权我向贵方建议：决斗的地点拟选在普莱西—皮凯广场；时间定在明日拂晓时分；双方决斗用的武器为斧头。

对您致以万分的敬意！

马克·吐温

富尔图先生的朋友接到我的通知，打了个寒战，转过身来用严肃的口气对我说：“先生，您可曾想到，像这样一场决斗会有什么后果吗？”

“您倒是说说，会有什么后果？”

“会付出流血的代价呀！”

“那是当然，这是不可避免的。”我说，“请问贵方准备付出什么代价？”

这下可把他给问住了，他赶紧东扯西拉地解释起来。他说自己刚才只是在开玩笑，接着又说他和他的委托人都很喜欢使用斧头决斗，因为这种武器比别的都好用。遗憾的是法国的法律禁止使用这种武器决斗，所以我必须修改一下我的提议。

我在屋子里踱来踱去，琢磨着换什么武器好。最后我想到，如果双方相距十五步，用格林机枪射击，这样也许可以很快分出胜负。

但是我的这项提议没被对方采纳，原因依然是法律禁止使用这种武器。我只好建议使用来复枪，后来是双管猎枪，然后是柯尔特左轮手枪。但是这些建议全部被对方否决。我思考了一阵子，用嘲讽的语气说，既然这些都不行，那不如让双方在距离四分之三英里的地方互相扔碎砖头进行决斗。这本来只是一句发泄不满的俏皮话，那位先生竟然接受了，还说他将把这个建议带给他的委托人，这让我心里难受极了。

没过多久，他就回来了，说他的委托人非常喜欢采用双方相距四分之三英里扔碎砖头进行决斗的办法。但是，这种决斗方式不可避免地会给路过的闲人带来危险，他最终不得不谢绝了这个提议。

我说："啊，那我就没办法了。要不，您来想一种决斗中使用的武器吧，没准您已经想好了。”

他脸上的表情顿时变得很愉快，说说：“哦，当然了！”他开始从口袋里掏东西，掏了一个又一个，嘴里还嘟囔着：“我把它们藏哪儿啦？”

他摸了半天，终于找到了。只见他从坎肩口袋里摸出了一对小玩意儿，我把它们拿到光亮的地方看了一下，发现那是两把小手枪。它们都是单管的，上面还镶了银，十分小巧可爱。我一声不吭，将其中一把手枪挂在我的表链上，然后将另一把递还给他。这时他拆开了一张折叠着的邮票，将包在里面的几粒弹药拿了一粒给我。我问他，这是不是意味着决斗双方只能打一发子弹。他回答说，按照法国法律的规定，双方只能开一枪。于是我继续问，决斗时双方的距离应该有多远。他说，双方的距离为六十五码。

这个提议差点儿让我失去了耐性。我说：“双方相距六十五码，使用这样的武器决斗？哪怕双方距离五十码使用玩具水枪对射，也比这两把枪造成的伤害大。我的朋友，咱们这次商量事情，是为了让双方分个你死我活，不是为了让他们健康长寿啊。”

经过我的一再努力，他终于同意将距离缩短到三十五码。即使这样，他还是一副不情不愿的模样，叹着气说：“这件事从此和我无关，如果出现伤亡事故，全部由您来负责。”

既然如此，我再没有其他办法可想了。我只得回去，向冈贝塔先生先生汇报我失败的交涉经历。当我走进房间的时候，冈贝塔先生正揪下他最后一绺头发，放在桌子上。他看到我进门，马上朝我走过来，激动地说：“您已经把那件玩命的事情安排妥当了吧？我已经从您眼神里看出来了。”

“是的，我已经安排好了。”

听了这话，他的脸色变得有些苍白。他靠着桌边站稳，呼吸变得急促起来，使劲喘息着，因为他实在是太激动了。接着，他用沙哑的嗓子压低了声音问：“那么，使用什么武器呢？你快说呀！决斗的时候使用什么武器？”

“用这个！”我拿出了那个镶银的精致小手枪。他只瞟了那把手枪一眼，就笨拙地晕倒在地上。

过了好一会儿，他才苏醒过来，伤心地说：“以前我强作镇静，结果神经绷得太紧了，才会这样。从此以后，我再也不会表现出任何软弱了！我要正视险恶的命运，像一个男子汉，像一个真正的法国人。”

他从地上爬起来，做了一个威风凛凛的姿势。接着，他用低沉的声音说：“你看，我现在有多镇定！我已经准备好了，现在请你告诉我决斗时双方的距离。”

“三十五码。”

一听这话，他又昏死了过去。这一次我可没办法把他给扶起来。我把他就地翻了一个身，然后打了点水泼在他背上。

他很快苏醒过来，说：“三十五码远，而且没有一个可以扶着的东西。看来，那个家伙是存心要我死啊！既然他想谋杀我，肯定不会注意这些鸡毛蒜皮的小事。不过，有一件事你可要注意了：如果我倒下了，全世界的人都将看到一个英勇的法国骑士，是怎样在决斗场上慷慨赴死的。”

他沉默了一阵子，问：“我的个子比对方高大，更容易被击中，你没提出让对方做出什么补偿吗？算了，这也没什么关系；我可不能自降身份，提出什么额外的要求。如果对方的风格不够高，肯定不会主动提起这件事。那就让他点儿便宜吧，像这种的便宜，品德高尚的人是不会去占的。”

他陷入了迷惘中，一直在纠结着这件事。过了好几分钟，他才打破了沉寂，说：“对了，决斗的时间呢——决斗在什么时候举行？”

“明天拂晓的时候。”

他大吃一惊，急切地说：“这简直是发疯了！我从来没听说过有这样的事情。有谁会这么早起床，就为了出门决斗呢？”

“我这么做，正是为了避开众人啊。我特意选定了这个时刻。照您的意思，是想有一批人来围观吗？”

“我不想和你争执这个，我只是感到惊讶：为什么富尔图先生竟然会同意采取这样标新立异的决斗办法。我要求您立刻去见富尔图先生的助手，把决斗的时间推迟一些。”

时间紧迫，我连忙跑下楼梯，打开大门，结果差点儿和富尔图先生的助手撞了个满怀。

他说：“我是来告诉您，我的委托人极力反对贵方选定的时间，请您同意把决斗时间改成早上九点半。”

这真是太好了，免了我的奔波之苦。我回道：“凡是贵方的要求，我们都会竭力满足。先生，请转告您高贵的委托人，我方同意贵方更改时间的提议。”

“请您接受敝方委托人的谢意。”接着，他转过身去，对一个跟他一起来的伙伴说，“您听见了，努瓦尔先生，决斗的时间已经改成九点半了。”

努瓦尔先生听了，当即鞠了一躬，表示感谢，然后离开了。

富尔图先生的助手说：“如果您认为合适的话，贵方和敝方的首席外科医生可以按照惯例，坐同一辆马车去决斗场。”

“我完全认同您的提议，您要不提这个，我都差点儿忘了。对了，我方应当请几位医生呢？我想，两三位应该够了吧？”

“按照一般的惯例，每方应该各请两位医生。请注意，我这里指的是‘首席’外科医生。不过，考虑到我们双方委托人的崇高地位，为了体面，最好是我们再从医学界中挑几个最有声望的人作为顾问外科医生。这些顾问外科医生可以乘他们自己的马车去。对了，您准备好灵车了吗？”

“哎呀，你瞧我这脑子，我都没朝这个方面想！我这就去安排。您肯定会觉得我这人没见过什么世面，请您千万别计较，因为我对这样高尚的决斗毫无经验。说实话，以前我在美国的时候，也操办过不少的决斗事宜，直到现在才知道，那些决斗真是粗鲁不堪，还谈什么灵车，——呸！我们总是让失利的那一方就那么躺在地上，然后用根绳子把他捆起来，找辆车给运走就算完事了。对了，您还有什么其他要求吗？”

“没有了，只是办理丧事的几位主管要像平时那样坐马车去，至于那些打下手和雇来送殡的人，他们一般是步行。我明天早晨八点来跟您见面，咱们那时再安排一下流程。好了，我先告辞了。”

我回到屋内，冈贝塔先生对我说：“您来得正好；决斗定在几点钟？”

“九点半。”

“这真是太好了，对了，这条消息您通知报社了吗？”

“喂，老兄，咱们是多年的好友，没想到你居然会认为，我会卑鄙地出卖——”

“哟，哟，哟，我的好朋友，我哪里得罪了您吗？啊，可不是吗，我给您添了太多的麻烦。算了，你不必去了，杀人不眨眼的富尔图肯定会办理好这件事情的。要不，还是我自己——为了稳妥起见，由我递个条子给我在报社工作的朋友努瓦尔先生——”

“哦，对了，这件事你不必操心。富尔图的助手已经通知了努瓦尔先生。”

“哼！我早该料到他会这么做。富尔图就是这样的人，特别喜欢出风头。”

第二天早上九点半，浓雾弥漫，决斗的队伍向普莱西—皮凯的决斗场进发。走在最前面的是我们的马车——上面坐着我和冈贝塔先生；接着是富尔图先生和他助手所乘的马车；第三辆马车上坐着两个演说家，他们胸前的口袋里装着悼词文稿；第四辆马车上坐着按规矩前来的几位首席外科医生，还有他们的几箱医疗器械；再往后是八辆自备马车，上面坐的是顾问外科医生；然后是一辆出租马车，上面坐的是一位验尸官；再后面是两辆灵车，灵车后面的一辆马车上坐着几位负责治丧的人员。马车后面跟着一队步行的助理人员以及负责送殡的人。在这些步行者的后面，在浓雾中缓慢前行的则是一队小贩、警察和看热闹的市民。如果那天的雾能稍微淡一点，整个队伍想必看起来会更壮观。

一路上没人说话。我几次想和冈贝塔先生聊上几句，他都没注意到，只是翻着他那本记事本，在那里念叨着："我的死是为了让法兰西永世长存。"

到达决斗场后，我和富尔图先生的助手用脚量了下距离，确定长度有三十五码，然后抽签挑选双方所站的位置。其实这些都是走个过场，因为现在大雾弥漫，挑哪边站都是一样的。

这些初步的手续完成后，我走到冈贝塔面前，问他是不是已经准备好了。他活动了一下身体，大声喊道："准备好啦！上子弹吧。"

于是，当着几位事先指定的证人的面，双方给手枪上好了子弹。接着，我们就安排自己的人做好准备。

就在这时，警察注意到人群已经聚集在场地两边。为了避免伤及无辜，他们请求将决斗的时间推迟，好驱散这些闲杂人等。

我们双方都接受了这个请求。

警察命令两旁的人群站得离决斗者远一点，然后我们再一次准备就绪。这时雾变得更浓了，我和富尔图先生的助手一致同意，在双方开枪前要吆喝一声，好让两位决斗者知道对方究竟在什么地方。

我回到了冈贝塔先生身边，发现他的情绪很低落。我连忙给他壮胆打气说：“冈贝塔先生，情况并不像看起来的那么糟糕。您想想，使用的武器如此小巧，射击的次数极其有限，距离又是这么远，雾浓得都看不见人，再说了，你们一位是独眼龙，另一位是斜眼加近视，照我看，这场决斗不一定会出什么事，你们都很可能安然无恙的。不要垂头丧气了，赶快振作起来吧！”

我的这番话收到了良好的效果，冈贝塔先生立即伸出手说：“我准备好了，把武器给我吧。”

我把那个小巧的武器放在他巨大厚实的掌心里。他盯着它看一眼，哭丧着脸结结巴巴地嘟哝着：“唉，我倒不是怕死，我怕的是变成残废呀。”

我再次给他打气，这次很成功，他说：“好吧，那就开始吧。你一定要支持我呀，千万别在这庄严的时刻丢下我，我的朋友。”

我向他保证，任何时候都会支持他。接着，我帮着他把手枪指向我断定的对手所站的位置，并且嘱咐他留心听对方助手的喊声，然后根据那声音确定对手的方位。接着，我抵住冈贝塔先生的背，发出喊声：“好——啦！”从雾中远远传来对方的回应，于是我立即大叫：“一——二——三——开枪！”

只听“扑哧！扑哧！”两声轻响，刹那间，我好像被一座山压倒在地。我的伤势不轻，但仍能听到压着我的人说：“我的死是为了……为了……该死，我的死是为啥来着？哦，想起来了！我的死是为了让法兰西永世长存！”

接下来，外科医生从四面跑过来，用放大镜把冈贝塔先生全身检查了一遍。令人高兴的是，他毫发无损。紧接着，两位斗士朝对方扑过去，搂住对方的脖子，一时间泪如泉涌；我和富尔图先生的助手也互相拥抱；外科医生、演说家、办理殡葬事宜的人员，以及警察，所有在场的人都互相拥抱，彼此祝贺。所有的人都纵声欢呼，欢乐之情溢于言表。

等大家稍微安静一点后，一群外科医生进行会诊，经过反复检查，他们终于断定，只要细心照料，我还是有机会康复的。我被抬上队伍最前面的一辆救护车，送进了医院。

我受的内伤十分严重，因为一根折断的肋骨戳进了我的左肺。我的许多内脏都被挤到了别的位置，不知道还能否正常发挥功能。他们还给我左臂的两个地方接了骨，把我脱臼的右大腿复位，把我的鼻子重新垫高。

我变成大伙最关注的人，备受赞扬；许多热心人士都对我说，我是四十年来唯一一位在法国人的决斗中负伤的人，他们以认识我为荣。后来，他们还颁给我一枚荣誉十字勋章。

以上记录的就是我人生中最值得纪念的一次私人冲突。我纯粹是自作自受，好在我能承担所有的后果。

我相信自己有资格说：我并不害怕站在一位现代法国决斗者的前面；当然，只要我的头脑仍旧保持着清醒，我再也不会站在一位法国决斗者的后面了。